U0619534

你还在故事
发生的那天
不肯走

万诗语　主编

中国出版集团
现代出版社

一生至少该有一次，为了某个人而忘记自己，不求结果，不求同行，
不求曾经拥有，甚至不求你爱我，只求在我最美的年华里，遇到你。

从前，我们以为爱得很深很深，来日岁月，会让你知道，它
不过很浅很浅。最深最重的爱，必须和时日一起成长。

我不想让自己知道，我只是在路过你。

你要相信世界上一定有你的爱人，无论你此刻正被光芒环绕，被掌声淹没，还是当时你正孤独地走在寒冷的街道上被大雨淋湿，无论是飘着小雪的清晨，还是被热浪炙烤的黄昏，他一定会穿越这个世界上汹涌着的人群，一一地走过他们，走向你。

太容易失去的东西往往本来就不属于你，真正属于你的东西，即使被短暂遗忘了，铺满了灰尘，也会牢牢霸占你内心的一个角落，等着终有一刻被击中被唤醒，就像初恋。

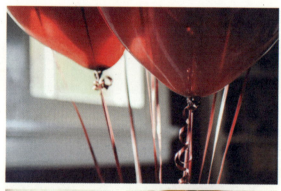

如果你真的非常喜欢过一个人，就会知道，要真心祝福她跟别人永远幸福快乐，根本是不可能的事。

当我带起微笑，轻轻地走过有你的曾经，路上似乎还残留着彼此的记忆，无声地诠释了幸福的过往。我们的故事，就像风沙吹过，留下了多少个面目全非，而我仿佛还停留在当初，被柔软的云拥抱着。

目

CONTENTS

录

卷 一 | 最美的徒劳无功

　　每个人的青春，终逃不过一场爱情，在这里有爱、有情、有喜、有乐，却单单没有永恒。

卷　二　|　暗恋时光

我不能给你全世界，但是，我的世界，全部给你。

卷　三 ｜ 你一笑，曾经让我傻半天

原来眼泪真的可以绵绵不绝，而天堂却比不上你对我的微微一笑。

卷　四 ┃ **青春若有张不老的脸**

┃　　流年似水，太过匆匆，一些故事还是来不及真正开始，就被写成了
┃　昨天。

前 言

FOREWORD

在那些美好的年华里，总有那么一个人安静地躺在你的记忆里，温柔了你整个青春岁月，也惊艳了你整个的年少时光。

即使再桀骜、再骄傲的女孩儿看见他的时候也会温柔下来；即使再卑微、再平凡的男孩也因为那个人的存在而活得丰富多彩。

那个人，是天使一样的存在。

或许他不帅；或许他不乖；或许他并不出彩。可是，或许就因为一个眼神、一句话、一件事，他就在你的心里生了根、发了芽，渐渐枝繁叶茂，再不能忘怀。

情不知所起，却一往而深。怎么能忘呢？那一日，他眉眼清亮如水，声音清澈温暖，那一日的阳光也是这般温暖缠绵，*丝丝绕绕*，缠

绵成扣，扣扣尽在心弦。你记得他的笑容、他的声音，即使岁月遮蔽了记忆，多年以后，依旧记得。

　　我喜欢的那个人如今怎么样了？我还记得初相见，阳光正好，微云缠绕，你的微笑像阳光一般温暖，照耀我的整个花季。多年以后，你或许早已不记得我的存在，我却依旧固执地想念着你的样子。

　　或许我们年少时，都会有过喜欢的人，他静静地隐藏在你的心里，你安静而不动声色地观望他，看流年浅变、沧海桑田，却一直一直，以深爱他的姿势，看他走过四季的温柔的侧脸。我们就这样痛了，失落了，哭了，也笑了。然后，终于渐渐长大了。

　　我们都因为那个人的存在，一点一点变得温柔。

　　然后就渐渐地不去打扰，给不了他想要的温柔只能一个人走，却还是被他的幸福刺伤了眼，然后，继续哭、继续笑，幻想变成想象中美好的样子陪你白头终老。

　　年少的时候，我们总会轻易就泪流满面，更何况，面对的是那个天使一般存在的人。

　　你曾经也幻想过，想象着他温柔的样子、冷酷的样子；想象着他是天使，是骑士，是王子，是一切美好的代言词。他应该干净清爽，笑容明亮，他的白色衬衣上会有柠檬的清香；他温暖阳光，他的身上有无数你赋予的美好气质。渐渐地，连你自己也分不清楚，自己喜欢的究竟是现实中的那个人。还是你幻想出来的美好样子。你只是，　一天一天，一点一点，慢慢沉沦下去，他成了你心里唯一繁盛的枝丫。

　　可是终于有一天，你们注定在注定的时间分散在天涯海角。然后，渐渐再也没有他的消息，只剩下你在安暖的流年里，安静地想念着：汗珠从他的发梢甩落的样子；他骑着单车飞驰而过的样子；他冲着夕阳吹口哨的样子；那些你再也看不到的样子。而你，也终于变成想象中的美好，却再也无法站在他的身旁，直至终老。

　　有些人，有些事，一旦错过便是永远。然后有一天，你突然发现：你再也想不起他的样子，那个你爱了整整一个青春的少年；你再也无法想象出他应有的模样，只依稀记得，白色衬衣上闪烁着柔和的光芒，柠檬香飘散在记忆的路上。

　　然后你忍不住失声痛哭，却连自己也说不清楚，究竟是为了他还是为了自己，是为了那段消逝了的时光，还是你有一点点怀念那时用力去爱的自己？

　　有一些事情，只有与青春绑在一起才是美好。

　　或许我们一直念念不忘的，不是那个人，　而是那段时光，还有那个时候的自己。但是依然感谢，那个陪伴我们无数岁月的少女或是少年温柔了你整个的年少时光。

卷　一

最美的徒劳无功

每个人的青春，终逃不过一场爱情，在这里有爱、有情、有喜、有乐，却单单没有永恒。

如果你曾奋不顾身爱过一个人

每个人都是一段弧，能刚好凑成一个圆圈的两个人是一对。

　　我听过一种说法，每个人都是一段弧，能刚好凑成一个圆圈的两个人是一对，那时我特别相信这句话。

　　上初中的时候，你在我隔壁的教室，那时候你已经高出我一个头，总是能把白色校服穿得很好看，干净的脸上有双很明亮的眼睛。那时的我没有飘逸的长发，瘦弱到在风里都站不稳，整个夏天穿着单调的棉布裙，这样毫不起眼的我却让你看在眼里。那是我收到的第一封情书，你的字迹并不比别人的好看，但内容很真诚。于是在那个懵懂的年纪，我开始了一场大人们口中的早恋。

　　春天的时候，你经常会跑到很远的油菜地，摘一束湿漉漉的油菜花插在玻璃瓶里，放在我桌子的一角，还会有牡丹、桂花、雏菊，或者叫不出名字的野花给我。那个玻璃瓶摆在桌子上两年，我保护得小心翼翼，却在毕业考试那天摔碎了。

　　我还记得，那是我第一次趴在你的肩膀上，哭了很久。你笑笑说："我早就想换新的了，又怕你说我喜新厌旧，这下可以名正言顺地换掉它了。"

　　高三那年，我报了一所很喜欢的北方大学，我知道你喜欢南方，那个暑假我们谁都没有提起关于升学的问题。收到录取通知书那天我并不开心，你下午出现在我家楼下，像个孩子一样笑容明亮，用力挥了挥手里的东西，我隐约看到"通知书"几个大字。你说："我觉得北方其实更适合我。"我跑过去抱住了你，又趴在你的肩膀上哭了。

　　这是我们认识的第六年，我们一起坐火车去北方的城市上学。那所大学有漂亮的图书馆，你会在星期一的早上帮我占靠窗的位置，放上两杯咖啡然后等睡眼惺忪的我出现。

　　我们的第七年，你在学校操场上点了心形蜡烛。我记得捧着玫瑰的你，在周围女生羡慕的声音和男生起哄的欢呼声中，走过来把我抱得那么紧。我是没有任何野心的人，安于现状，最大的野心就是和你

其他星星都换了方位，北极星依然会在原地，当别人不了解你、
不原谅你，甚至离开你，只要我守在原地，你就不会迷路。

对一个男孩来说，最无能为力的事就是在最没有能力的年纪，碰见了最想照顾一生的姑娘。对一个女孩来说，最遗憾的莫过于在最好的年纪遇到了等不起的人。

结婚。你说想要考研，其实高考完你已经收到南方一所重点大学的录取通知书，结果当天就被你压在了抽屉底部。

这些在很久之后被你当笑话一样说了出来，虽然你总是会说，是金子总会发光，但我还是愧疚了好几年。所以在你说要考研时，我特别赞成。你揉了揉我凌乱的头发，一脸的宠爱。

大四开始，我四处找工作，而你则埋头复习考研。有时深夜回到宿舍，翻来覆去睡不着，拿起手机对着你的号码发呆，又怕影响你休息，把手机重新塞到枕头下。

找到第一份工作，我激动地第一个想要告诉你，你却关机，我才想起已经很久没有接到你的电话了。我去你学习的教室看到你和她在讨论着什么，我把水果放在教室的后头，并写上了你的名字，悄悄地退了出来。

你打来电话的时候，我在对着电脑发呆，你说最近很忙，忽略了我。我让你照顾好自己。末了，你说她是你导师的女儿，也要考研才一起上课。很久以后我总是会想，如果没有她，我们是不是可以走得再远一点，还是我哪里出了问题，让你突然不想继续牵我的手。

我们在第九年分开，我一直以为在经历了时间、距离变迁后依然握紧的手是放不开的，那么是不是九年的时间只是巧合，碰巧在那些年里你没有爱上别的人。

　　后来听说你们一起考上了南方的大学，听说你也经常给她送花，玫瑰、百合、雏菊，听说你陪她逛街、看电影、吃饭，听说你在学校的广播室对她说生日快乐。总是听到你有多爱她，是不是对每一场恋爱，你都投入那么多？我留在这座城市，我以为能留住你给的记忆也是好的，因为我总是以为我其实比想象中还要爱你。那时候，是我们认识的第十一个年头。

　　我少年的美好时光，一年一度的油菜花，跟着时间的洪流，一去不返了。所以，亲爱的，时间那么漫长，你走之后，我终于忘记我还爱着你。但我依然感激你陪我走过的那些年，至少成全了我近乎偏执的爱情，我爱得，奋不顾身。（王夕）

我无法说已经完完全全放下了你，我也承认在很多个不经意间就会想起
你，也确实会因为你而影响我一天的心情。我明白这样的自己很不好，我
也想拼命的去改掉，对自己说不要想了，不要想你了，可是自己的心始终
无动于衷，仍阻止不了你在我脑海的浮现。

与你约好要活得满心欢喜，从此苦痛失落都不敢太轻易。

我们遥远的青春

后来，有人把这段路叫作相信爱的年纪。

经过雨季花季，十八岁像是高傲的公主，指使我们做了许多说不出对错悲喜的事情。

你我那时还不认识，走着各自的路，朝着不同的梦，跌跌撞撞或步履如飞地前进。

在某个岔道或转角相遇，你说，这小子真无赖，干吗抢我的道。我想，真是幸运儿有一仙女陪我走路。那时候多年轻呀，你看见路旁的无名小花就会留恋半天，我碰到好看的蝴蝶也能追出好远。

我们都贪玩，但也都知道天黑了要回家，小花毕竟是小花，蝴蝶毕竟是蝴蝶，它们终究会凋谢、会死去，而我们，还要相依相伴。

后来，有人把这段路叫作相信爱的年纪。

有一天，你一本正经地说，小夏，我从十八岁喜欢你到现在，你应该感到荣幸。

我说，真的怀念一个人无拘无束的日子，狠狠地浪费时间，报复来不及细细品味的少年。你无奈地说，看来我得继续喜欢你了。我窃喜，撒谎的感觉真好。

好几个无所事事的夏天过去，可怕的事情发生了：小花没有凋谢，成了花样美男；蝴蝶也没有死去，成了蝴蝶仙子。你我还是老样子，没心没肺地去留恋，去追逐，然后迷失在深深的陌生山谷。

不知道过了多长时间，我们借着微弱的星光找到来时的路，已经遍体鳞伤。埋怨、哭泣都没有意义，还是要往前走。

你在我耳边说，那时候心轻得要命，托着自己飘忽不定地飞，总想寻找什么，又不知道是什么，到最后累了，就想起了你。我说，花样美男固然漂亮，可你得宠着他，就像我的蝴蝶仙子一样，动不动就离家飞走。你笑了，我也笑了。

笑过之后，才发现，那段叫青春的日子已经远去。

　　当一切尘埃落定，我们重新走在一起的时候，我在想，到底有没有所谓的青春，她真真实实地存在过吗？还是一场华丽的梦？还有，我们将来，还是要分开吧？

　　那时，你不说话。（邢海燕）

因 风 飞 过 蔷 薇

只因这两朵花是他送的，我的春天便提前到来了，心里满是喜欢，
仿佛听到花开的声音。

那个夏天的风绵软无力，像一只温柔的手，轻轻地抚过来，我像
喝醉了酒，有了醺醺欲醉的感觉。

他骑着单车带着我，在马路上飞驰。去哪里已经不记得了，只记
得他很兴奋，吹着口哨，是一支很欢快的曲子，用以掩饰他的不安和
激动。

路两边是白杨树，北方常见的那种挺拔向上的白杨树。小扇子一
样的叶子，风一吹，哗啦啦地响，真的很像我们躁动不安的青春。

谁家园子里，蔷薇开得正好，似有似无的香味在空气中弥漫。
我想起了一句写蔷薇的诗：因风飞过蔷薇。是的，所有的香味都是因

为风这个多情媒介，所有的渴慕都是因为青春这个多梦的季节。

十几岁的年纪，还不太懂得爱的内在含义，喜欢只是一种单纯的，甚至是纯粹的美好情感，没有任何的延伸意义和附加条件。

那天，在小城的街头，破天荒地看见一个卖花的女孩，一篮子的蔷薇，两毛钱一朵。他跳下单车，在口袋里摸索了半天，摸出四毛钱，买了两朵。然后很细心地把茎上的刺一根一根剥掉，然后在笔记本上撕了一页纸，把两朵蔷薇包好，递给我。

我在旁边静静地看着他，他的唇边刚刚长出短短的绒毛，轻呼浅吸，极认真地做好这一切。那是我第一次收到花儿，我拿在手里，放在鼻子下面闻了一下。过于浓郁的甜香，不是我喜欢的类型，可是只因这两朵花是他送的，我的春天便提前到来了，心里满是喜欢，仿佛听到花开的声音。

我找了一只小瓶子，盛满水，把两朵花放进去。然后每天趴在桌子上，对着那两朵小小的蔷薇傻乐，仿佛看到他在运动场上矫健的身影，仿佛听到他朗读古文时算不上太好听的声音。

虽然每天换水，两朵花还是眼瞅着要蔫了。舍不得它谢，于是把花瓣一瓣一瓣摘下来，夹进日记本里。那些花瓣渗出水分，把日记本洇出一块块渍痕；而那些花瓣，也被风干成一缕香魂，带着青春的味道。

其实我和他并没有过多的言语交流，偶尔的一两句，甚至没有仔细地看过他长得什么样。可是却说不清道不明地相互吸引，就像磁场，一点点靠近，身不由己，不明所以。

我一直关注着他的一举一动，一笑一颦，一举手一投足。凡是有关他的消息，都是我青春日记本里的重要秘密。

但就像两列并行的火车，几年之后，我们终于分道而驰，中间甚至没有交集。

年少的情怀，有大江东去、惊涛拍岸、卷起千堆雪的狂放和不羁；也有小桥流水、和风细雨、曲径通幽的婉转柔媚。那是长长一生中，贯穿首尾的一抹淡绿，是骚动的生命中一直存在的原动力。（积雪草）

来 不 及 说 爱 你

我站在你看不见的地方，远远地望着你，
那些触及眼底的光，直直地刺穿心脏。

　　那一年，我光着脚丫坐在柳树上打量着晴好的天气，让我忍不住想吹口哨。你站在树下，只是淡淡地笑，你一定不知道你笑起来的样子是致命的蛊惑。我不自然地撇撇嘴。你伸出大大的手，抱我下来。我眯起眼睛临摹你的模样。

　　那个季节，我初见你。十七岁。
　　而我每次仰起头，洒在我脸上的光彩都不及你背对着时光冲我笑时的半分。后来，我在精致的本子上写：隔着厚重的尘埃，躲过洪荒，我，遇见你。
　　三毛说，荷西，我爱你，我爱你，我爱你，这一句让你等了十三年的话，让我用残生的岁月悄悄地只讲给你一个人听吧。

　　那天，我抱着那本厚厚的书去告诉你这句话，却撞见你和她。碾碎的光线，如滚烫的开水烙在皮肤上，响起椎心的疼痛。我张张嘴，什么也没说。只是狼狈地躲开。

　　原来，我是妒嫉三毛的，掐进肉般地妒忌着。他们，是相爱的。我用双手抱紧自己的身体，原来这些生命里不能承受的痛从来都比幸福来得实际，而疼痛也只不过是后知后觉的事情罢了。我，也没有必要这样浓墨重彩地、卑微地去说一句我爱你。

　　我站在你看不见的地方，远远地望着你，那些触及眼底的光，直直地刺穿心脏。我的心疼，它源自哪里，又消匿在何处？而我的想念，它从来是鲠在咽喉，吞不下，吐不出。我骄傲地撇过脸，手背却被硌得生疼。

　　那年初夏，我跳上单车，打量着你的背影。稀疏的时光沿着车架瞬间凝固：十一点过五分，你迟到了。即使这样，我身体的每一个地方还是在雀跃。我坐在后座上，问你，也是说给我自己：可不可以着一身日光，盛装来为我唱完这支歌。

　　其实，我没有说出口的，又岂止是这一句。（张文华）

流 景 闲 草

我此刻埋在一个曾经等待过的怀抱里，却因再次怀抱了曾经的等待，
而终于明白成长的意义。

二十几岁时喜欢过一个人。面容素净如雪地般的高个儿少年，看
起来清清朗朗，像是操场跑道边一棵沉默的翠绿杨树。

在那一年，从秋天到第二年的春天，他天天走路回家，我就远远
跟在他后面亦步亦趋，以至于他的每一步姿态，我都谙熟于心。

他是那样姿态端然的少年。我知道他与所有人都不同。左右手均
可以写漂亮的字。

姑妈从英国回来的时候，送给我一支从莎翁展览馆附近的纪念品
店里买回的鹅毛笔。金色的笔尖，浅棕色的羽毛笔杆有近一尺长。握
笔书写起来竟有飞翔的诗意。我拆开朴素简洁的包装，欣喜的瞬间，
第一个想起的人便是他。

那日下午我骑车穿越大半个城市，去书店里买来一本薄薄的英文字帖，开始练习写漂亮的圆体字。因为我曾经在老师给全班放电影、镜头里闪过一篇漂亮的圆体字书信的时候，偶然听到他惊叹，太漂亮了。

在那年春天结束的时候，我开始夜夜在台灯下透着灰白的薄纸，蘸墨临帖。连鹅毛笔的笔尖，都被磨得光滑圆润，使用起来顺手舒心。那一沓用来重复临摹拉丁字母的纸，摞起来已经厚厚一沓。

那封信，我几乎写了两年。

夜夜面对着信纸，强迫症一样练习如何把每一个字母都写得像一首诗。想象着如何以电影场景一样的方式交给他，然后获得他掌心的温度，以及像花荫下的苔藓一般青郁的恋情。

在快要毕业的时候，终于决定去找他。

是在他生日的时候。我带着写了两年的信，最后一次跟着他回家。那条路我已经再熟悉不过了。夕阳之下我在他后面走着，一直凝视他的背影。两年多的时间，那些因为他而天真卑微的时刻，声势浩大地清晰浮现，在内心深处摇摇欲坠，心跳变得粗犷激烈。

追上他的那一刻，我几乎深吸一口气。喊了他的名字，把信交给他。他略带诧异地点点头，拿过了信，然后转身继续向前走。

我亦转身，却竟然双手捂面，禁不住哭出来。

那个时刻我怀疑，这难道就是我用七百多个日夜，换来的一个潦草结果吗？他又怎么能够知道，白纸上那些花纹一般繁复漂亮的英文，是我用整整两年时间夜夜在灯下心酸、莫名的想念中一笔笔练习出来的告白。

毕业前后，他都曾经主动联系过我。

在他的家里，我看到与我想象中一模一样的情景。整齐得一丝不苟的房间，藏蓝色的窗帘与床单。白色桌面、地面，干净得几乎有些偏执感。书架上摆满了书，其中大部分是日本名著。尤其喜欢川端康成，以及古代日本作家，比如清少纳言、吉田兼好、松尾芭蕉。

他取下一本《枕草子》，说，这是清少纳言的随笔，我很喜欢，送给你。

回到家之后，打开那本书，看到里面夹着的一封信。字迹相当漂亮，一如我早就熟知的那样。鼓起勇气即刻翻到信纸的最后一页，果然，在结尾处写着"非常抱歉"。

那一刻我的头脑中有着瞬间空白。如同那些烂俗的武侠片里，最锋利的刀总是会在留下伤口的一小段时间之后才会让人倒下，而又要过很久，才看到鲜血流淌。

那个夏天就这样淡出了生命，仅仅消失为记忆的一部分段落。

多年之后的同学会上又见到他。大家还会一起喝啤酒、唱歌，最后分开的时候，我们每个人都互相拥抱。

轮到他的时候，这个曾经占据了我全部心情的少年紧紧地拥抱我。他清晰而灼热的心跳敲打着我耳朵的鼓膜，令我忽然间感到怆然的眼泪夺眶而出。头脑中闪现的是那两年寂寞卑微的少年岁月。

我此刻埋在一个曾经等待过的怀抱里，却因再次怀抱了曾经的等待，而终于明白成长的意义。

青春的奢侈，便在于能够有足够清澈的心情，用七百多个夜晚去写一封言不由衷的信，给一个并不属于将来的人。

此后的人生，也许不再会用两年的时间，练习为一个人写一封信。

不再会跟在他后面，目送他回家，看着他的背影，充满感伤入骨的欣悦。

不再会暗自祈祷着用最优美的方式相遇，却实际上在仓促转身的那一刻痛彻心扉地哭泣。（七堇年）

碎花长裙一路到夏天的尾声

直到分离的那天，他上前轻轻抱住了我，
恍惚间，记忆中那个十九岁的我穿着那条碎花长裙，
赤着脚在草地上奔跑，一路跑到了夏天的尾声。

　　开满桐花的灿烂季节，我习惯了那样静静地看着他，看着他奔跑的身影，看着他飞扬的唇角，因为他，我知道了什么是思念。

1

　　那年，校园里的梧桐树，开满了一树的繁花，在阳光下斑斓炫目。

　　那时自己时常会带着两罐可乐站在篮球场外看他打球，他麦色皮肤在明朗的阳光下闪烁着健康的光泽，黑色的头发在奔跑跳跃时潇洒飞扬，每进一球，他都会露出那大大咧咧的笑容，像是一抹肆意的

阳光钻进了我的眼睛里，那么耀眼。

　　我喜欢他，这早就已经不是什么秘密了，他也知道，只是不点破而已。

　　我不知道他是否有一点喜欢我，不管怎样，每天能这样看着他健康快乐地生活着，我就已经感觉很幸福了。

　　我时常会一边看他打球一边想，自己是从什么时候开始喜欢他的？现在想想，那已经是太久太久以前的事了。

　　那时每次放学后，我一个人坐在小区的篮球场看那些男孩子追逐跳跃着扎篮球。就这样我见到了他，那个喜欢在头上扎着蓝色头巾、打球很帅的男生。那时候他已经很会打球了，他腿很长跑起来速度很快，三分球也投得超准。

　　他每次看到我站在梧桐树下观战，都会友好地对着我微笑。

　　开满桐花的灿烂季节，我习惯了那样静静地看着他，看着他奔跑的身影，看着他飞扬的唇角，因为他，我知道了什么是思念。

　　过了这么多年，仍记得那年夏初，天空澄净，空气中到处浮动着桐花的味道。

2

后来，我考上了北方的大学，住进了学校的学生宿舍，我和室友们相处融洽，一切都顺理成章地进行着，直到我在学校的篮球场上遇到了他，没想到，他居然和我念的是一所大学。

他也看到了我，跑过来和我打招呼，"嗨！碎花裙子，好久不见。"

他喜欢叫我碎花裙子，也许是那时候我穿着碎花长裙站在开满白花的梧桐树下看他打球的模样让他印象太深刻。

于是那时候，我每天清晨都会跑到篮球场去看他打球，我手里总是拿着两罐可乐，等他打完球，我就会把可乐递过去，他一罐，我一罐。

除此之外，我们并没有其他交集。

那时候，常会有人质疑我们的关系，他总是微微一笑，也不解释。

而今想想，我总觉得，老天如此地巧妙安排，自有他的道理。

3

后来的后来，在校园里，偶尔，他会教我打篮球，说好好锻炼，身体才会健健康康。

偶尔，与他通电话，像普通朋友那样，他会问我有没有好好吃饭，我就对他说上次借的书很好看。

偶尔，他会约我出来吃饭，见面后，我们只是聊聊学习上的事情，聊聊电影，聊聊篮球。

直到分离的那天，他上前轻轻抱住了我，恍惚间，记忆中那个十九岁的我穿着那条碎花长裙，赤着脚在草地上奔跑，一路跑到了夏天的尾声。（凉夕梨）

只 是 路 过 的 爱 情

自行车本身就是一个爱情故事，
无论前轮走在哪里，后轮都会吻遍它的每一个痕迹。

　　自行车本身就是一个爱情故事，无论前轮走在哪里，后轮都会吻遍它的每一个痕迹。

　　那个时候，我们总是喜欢骑着自行车上下学，一起走过的路上，留下了很多。阳光明媚时，我们就嬉笑打闹，他总爱把自行车骑到马路中间，骑得飞快，后座上的我总是害怕地抓住他的衣角大叫，就在我害怕得要命时，他又来一个急刹车，我被重重地摔在他背上。

　　再以后，只要他急刹车，我就狠狠地咬他的背，他也会号啕大叫地求饶，总是引来路人不解的目光。

　　有风雨的时候，我就躲在他不大的雨披里，清楚地感受着从他衣服里传来的体温，虽然整个人狼狈不堪，但只要他温柔地捋着我额前湿淋淋的头发，我就仍然甜甜地笑。

　　那个时候的我就是个天真的孩子，以为会永远这么快乐下去。

　　仿佛所有人的青春里，都会有一个干燥闷热的七月。

　　烈日炎炎下，他不得不裹上厚重的军装去国旗班升旗，汗水顺着他干净的脸庞流下，我总是幸灾乐祸地冲他笑，他瞪着我，脱下军装扔在我怀里，还把偌大的帽子扣在我脑袋上，遮住我的眼睛和大半个脸。

　　他说过，要为我开一条书街，要带我到处旅行，要和我上同一所大学。他还说，我是他见过的最可爱动人的女孩，我披着头发很好看。他说，他的话随着那些逝去的岁月不再复返，他已不是我的专用司机，不是那个会细心照顾我的人了。我也没有再骑车了，我害怕和别人擦身而过的那种感觉。

　　也许，自行车本身就是一个悲情故事，无论前轮后轮走过多少片土地，他们终究无法触摸彼此，无法跨越那一道横在中间的距离。

　　（佚名）

初 恋 ， 往 往 一 点 也 不 浪 漫

也是当年那样叛逆蛮横，任性妄为的经历让自己终于明白，
书中所描写的初恋，电视剧里所播放的浪漫片段，
其实并非真如那般让人魂牵梦萦，刻骨铭心。

我一直觉得，曾经的自己是同龄人群里最特立独行的。

譬如，学校明文规定不能穿拖鞋上课，我就偏要穿个三角拖鞋，在学校里晃来晃去，生怕裤腿遮住，别人看不清楚，还特意配了条浅色的花边短裤。

譬如，学校不允许学生染发，我就偏要弄一缕金黄在黑色中间随风飞舞。任凭老师好说歹说，软硬兼施，通知家长，我都不向长辈势力低头。固执己见，这可是坚定立场的最根本的表现。

譬如，父母三令五申，不允许早恋，我却偏偏喜欢上了一个高年级的坏男孩。很多次放学，我都能见到他懒洋洋地站在离校门口不远的小卖部，叼根烟，斜视着马路，洁净的白衬衫，洒脱地松开几个纽扣。

我跟朋友说，他那样儿，简直帅呆了，像电视剧里的男主角。朋友噜噜地拼命蹬着踏板，说我是犯花痴病了。我腾出一只手去抓她的肩膀，迎着风大笑，嘿，小孩子家家，你懂什么呢！他迟早是要追我的。你看，像我这么国色天香的女孩！

事实并不如我想象的这般。

当我鼓足勇气，褪下宽松的牛仔裤，穿上蕾丝的连衣裙，偷抹母亲的口红在他面前晃了无数次后，仍不见他有所暗示。于是，我不得不无奈而又沮丧地在日记中写，少女的心事如风，来得很快，却难以如花般被轻易吹开。

很多个日夜之后，我的情愫开始如烈焰一般在心间的草原上蔓延。我想，如果我再不见他一面，或者，不与他相识的话，我便是要死去了。那于灵魂深处的虚弱，像一根无形的针，扎进了我的心门。那种摸不着实处的莫名的疼，开始让我寝食难安。

　　我在草纸上写了信，细细修改了数次，终于誊抄到了一张粉蓝的信纸上。我对朋友说，你帮我送去吧，求你这一次了。她看了我许久，兴许是被我打动了，从未见我对任何事儿这么认真过。

　　人潮涌动的小卖部门口，朋友将粉蓝的被叠成心形的信件递给了他。我站在不远处，佯装漫不经心地四处探望，寻找东西，心里却是像乱了方阵的万千战马，轰隆隆地，不知所措。

　　一路上，我像个坏了的复读机一般，反复地问朋友，他接信时的表情是什么？他有没有说什么？你有没有对他说什么？诸如此类的问题，排山倒海，揪扯了整整一个下午。我想，我是患病了，要不，怎会每日都心神不宁？

　　恍然地等了几个日夜之后，终于收到了一份简洁的来信。他说，可以和我做朋友。而我，在信中所提出的要求，也仅是那么简单。

　　有了朋友这样一个幌子，我可以毫无顾虑地去小卖部和他打招呼，与他一起喝杯冰凉的奶茶，不着边际地闲聊；可以明目张胆去球场看他打篮球，在众人间挥汗如雨，几乎一手遮天；可以故作成熟地叫他戒烟，告诉他吸烟的一些危害……

　　一个明媚的午后，我们无缘无故地在街头牵手了。我不明白，这到底算不算恋爱，反正心乱如麻，空茫不已。最后，我们约定，周末半夜悄悄潜逃出来，带上手电筒，一起登山看日出。

与一个让自己怦然心动、情窦初开的男孩，一起冒险，一起在黑暗中摸索至山顶，而后，静默地等待暖彻心扉的日光穿透云层，斜射在两双十指紧扣的手背上，该是多么浪漫的一件事儿啊！

周末的夜，我辗转反侧不能入睡，生平第一次失眠了。

顶着皮开肉绽的危险，我轻微地打开了二楼的后窗，慢慢地顺着下水管道滑下去。旋即，一溜烟消失在了昏黄的路灯深处。

他不曾失约，安然地、冷酷地站在学校门口等我。我们各自心照不宣，开始了徒步登山的旅程。

呼啸的山风像锋利的草尖一样划过脸庞。无边的黑暗，荆棘，恐惧，像翻腾的巨浪从四面八方打来。他似乎也有些惊恐，瘦弱的手臂止不住微微地颤抖。我开始有些后悔踏入这条所谓浪漫至极的不归路。

我的手臂被拉开了无数的细长的血痕。偶然的摔跤、跌倒，使得浑身青紫，触碰不得。他更严重，差点踩断树根，坠落悬崖。

我庆幸，这无边的黑暗，给了我足以流泪的勇气和环境。在沉重的喘息中，不息的松涛里，我委屈的泪花像手臂上的血痕一般，一条条地在脸庞上长长拉开。

最终，还未到达山顶，他便提出了放弃。过多的能量消耗和巨大的恐惧，使我们饥寒交迫，难以抵挡。下山之后，天已蒙蒙亮。我们各自不语，朝着不同的大路阔步走去。

后来，我喜欢上了另外一个更加帅气更有才情的男孩儿。我为他，写下了不少的诗句。也曾在许多个时刻里默默感慨，为何年少的心，如此善变？可细细追问之后才明白，当时的她们，哪个心中不曾同时有过几个模糊的身影？

也是当年那样叛逆蛮横，任性妄为的经历让自己终于明白，书中所描写的初恋，电视剧里所播放的浪漫片段，其实并非真如那般让人魂牵梦萦，刻骨铭心。

仅是经历者在多年后追忆起来，因岁月的诠释和人生阅历的沉淀而变得具有些许朦胧色彩罢了。

初恋，往往一点也不浪漫。（一路开花）

那 些 年 ， 我 们 错 过 的 男 孩

每个女孩的生命里都曾经有过这样一个男孩。
他不是前男友，不是蓝颜知己，比朋友多一些回忆，比爱情少一些心跳。
但是，在很久以后，我们也许不再会回忆起轰轰烈烈地爱过谁，
也不再会想起痛彻心扉地为谁哭泣，却会永远记得，
那个错过的男孩，站在校门口略显单薄的身影。

那些曾经追过我们的男孩，他们如今还好吗？隔着重重岁月，对着当初站在校门口的他，用力地喊一句："我很幸福，愿你安好！"

最近《那些年，我们一起追的女孩》火得一塌糊涂。我始终没有看过。却在心底默默地想，也许所有的女孩们也都在轻轻问，那些曾经追过我们的男孩，他们如今还好吗？

他可能出现在你还憧憬偶像剧的年纪，却离想象中的白马王子有些差距，也许个子不太高，也许皮肤不够白，也许唱歌不动听，也许打球不算帅。但是，却在谁都羞于说爱的时候，默默地用自己的方式守护你，哪怕知道你永远不会牵起他的手。

他可能比你大一两岁，会在放学时站在校门口张望，旁边停着中古的单车，肥肥大大的校服裤子下面是脏脏的球鞋。你会感到些许窘迫，周围还有朋友善意的调笑消遣，于是半低着头磨磨蹭蹭走过去然后一起回家，尽管他跟你明明是不同方向。

一路上并没有太多交谈，多数时候只是默默骑着单车。他偶尔讲个冷笑话，之后自己尴尬地笑笑。你抿着嘴，转过头看夕阳下他涨红的脸，觉得刚才的笑话其实蛮好笑。你不知道，你突然的笑颜在他眼里是多美的风景。

后来，你记不得他的容貌，却单单记得当初那个冷笑话和那抹夕阳。

也许有那么某一天，中午突然下起了雨。你没带伞，正在担心，却发现楼下的他举着一把大大的伞抬头看着你。可是，你却不知怎么被莫名地情绪占据，执拗地不肯走进那把伞底。他愣了一下，接着随手把伞塞给身边的人，匆忙跟着你跑进雨里。雨水很冷，风很轻。

后来，在下雨天你还会想起，曾经有个人同你共过风雨。

当然，他也会做些自以为浪漫却使你困扰的事情。比如校运会的时候，你突然听到广播里有人喊你的名字，希望你为他加油。你在熙攘的人群里又羞又恼，只好匆匆忙忙落荒而逃。第二天，你听说，长跑冠军在那天铩羽而归。你才发现，你的鼓励对于他是那么重要的事情。

后来，你想，如果重来一次，你一定会勇敢地站在跑道边对奔跑着的他喊一句："加油！"

不知不觉一年转眼过去，你慢慢发现同隔壁班的某个男孩有好多共同话题。是不是喜欢你不确定，也不在意，只是欣喜。但是他却再次霸道地出现，偏要定义你和男孩之间模糊不明的友情。你恼怒，你指责，你觉得委屈。你忘记对他说了什么，只是后来明明经常"偶遇"的他仿佛消失在你的世界里。

又一年之后的某天，你送完作业从老师的办公室出来，在校园里再次遇到了他。那时，他已经升入重点高中。他叫住你，只说了一句话就匆匆离开。

后来，听过好多甜言蜜语，你依旧觉得，当初的那句话最动听——他说："我等你。"

可是，你终究没有去他所在的高中。你会偶尔想起他，想起曾经有个人执拗地保护你。你也会怪自己当初口不择言伤害了他，更钦佩他那时的勇气和执着，在你有了男友，渐渐开始懂爱的年纪。

　　你以为一切云淡风轻的时候，曾经初中的女同学找到你，递给你一张字条。那个同学给你讲述着他是怎么兜兜转转找到她，如何郑重地拜托她转递这张薄薄的纸。那个下午突然变得温暖起来。他在纸上留了电话号码。你发了短信问候他，他回道——知道你有了男友，不然我会继续追你。记得好好照顾自己，不是每个男人都单纯善良。

　　后来，在爱情里哭过痛过你才终于明白，原来当初他早就教过你这个道理，一个男人如果真的在乎你，翻遍全世界都会找到你。你也终于读懂他的话，不是每个男人都单纯善良，只有爱你，才会善待你。

　　后来的后来，你们隔了好久又有了联络，会在 QQ 上闲聊，他依旧关心你的近况，你也温润地回应。彼此都有了幸福的归属，他成了别人的骑士，你变作他人的公主。谁都不再提起当初的事情，像是有着某种默契。那些过往是时光罅隙里闪着光的水晶。

　　那年夏天，当你穿着得体的裙装，画着精致的妆容随着商场的扶梯缓缓下落，你看到入口处，他携女友满面笑容地走进来。他还是当年的模样，依旧不够高大，不够帅气，却有了一个男人的成熟气魄。你从他身边走过的时候，他未曾认出你。你微微笑了，这样的擦肩而过证明你已从不起眼的毛毛虫蜕变成蝴蝶，也证明他终于离开原地走向了更温暖的去处。你对着他的背影，轻轻地说一句："谢谢。"

谢谢你陪我经历过的每一场风雨；

谢谢你单车的印迹留在我曲曲折折的青春里；

谢谢你在我不美丽的年纪给了我无与伦比的回忆；

谢谢你的执着和勇敢教会我在追逐爱的旅途上永不轻言放弃。

每个女孩的生命里都曾经有过这样一个男孩。他不是前男友，不是蓝颜知己，比朋友多一些回忆，比爱情少一些心跳。

但是，在很久以后，我们也许不再会回忆起轰轰烈烈地爱过谁，也不再会想起痛彻心扉地为谁哭泣，却会永远记得，那个错过的男孩，站在校门口略显单薄的身影。

我们这一生会有无数次错过，有的令人惋惜，有的让人心痛，有的使人庆幸，唯独这一次错过想起来没有遗憾，只有暖暖的感动和满满的欣喜。那么，就隔着重重岁月，对着当初站在校门口的他，用力地喊一句："我很幸福，愿你安好！"

然后，我们也可以笑着挽起身边人的胳膊，向着更幸福的地方，慢慢走去。（篱落疏疏）

白 流 苏 围 巾

我一直都知道，在我十七岁那年，有人用最小心翼翼的方式，
维系了我最初的纯情和自尊。

　　那年，我十七岁，上高二，傻傻地迷上琼瑶。

　　她的小说里，有许多清朗的男子，脖子上系着白围巾，那是心爱
的姑娘送的定情物。

　　那时，我常想：总有一天，我也会织一条围巾，有长长的白流
苏，我要把它系在爱人的脖子上，他会拉着我的手，在寒风中慢慢
走，白流苏会拂过我脸颊，暖暖的感觉。

　　当那个笑容清俊的男子真的出现在我面前时，我有点手足无措。
他站在我身边，俯下身，对我微笑："同学，很高兴能成为你的老
师。这本书，能借给我看看吗？"

我的脸红了。彼时，我正在看琼瑶的《窗外》，看得如痴如醉。新老师是什么时候走进教室的，我全然不知。而我在那一刻，唯一能记住的，便是他的微笑。

我在那一刻突然想：如果他的脖子，能系上长长的白围巾，走在落叶成毯的校园里，该有多飘逸！

我不再看琼瑶小说。因为他说，那些小说，写得真美，然后他一本一本地把书从我那里借走，他说，等毕业了再还你。

我如他期待的那般开始努力，我的每一点进步，他都看在眼里。寒风渐起，我没有告诉他，我用积攒了好久的零花钱买了一团纯白毛线，偷了妈妈的毛衣针，正笨拙地照着编织图，学着织白围巾。

我织了拆，拆了织，编织过程中出现任何一点瑕疵，都会让我不满。我总想织到最完美，仿佛织就的，不是一条围巾，而是一生一世。

终于，在我艰难的拆拆织织中，围巾织好了。我满心欢喜地给它缀上白色的长流苏，洗干净，晾干。我鼓起勇气决定送围巾的那天，天气很冷。我站在他的宿舍门外，围巾折叠得很漂亮，我想他见了，一定会欣喜吧！

　　终于等到他开门出来，我红着脸把围巾递过去，说："老师，送你的。天冷了，记得围上这条围巾！"

　　他笑了："丫头，你看我穿了高领毛衣了。这围巾怎么用得上？这么好的白流苏，总有一天会有人接受的。记着，千万别把它胡乱送给任何人啊！"

　　我的白流苏围巾，就那样被压入了箱底。即使后来，我有了相爱的男友，依然舍不得把它送出去。

　　我一直都知道，在我十七岁那年，有人用最小心翼翼的方式，维系了我最初的纯情和自尊。　（喻虹）

没 什 么 目 的 ， 只 是 爱 你

年少的我们，谁的爱情不如此纯粹？
为了一个句话，一个微笑，一个眼神。

走在这个养育我的小城的土地上，我要用脚步丈量出它的深浅。黄昏时分的余晖在树叶上跳跃着，泛着淡淡的光，一排排建筑物沉静在这片安详中。

熟悉的叫卖声在我耳边响起，这一切，让我产生了时空倒错的感觉，仿佛我还是那个纯白的少女。

年少时光像是一个梦。梦里有江南的黛瓦粉墙，有润物无声的细雨，有徘徊在雨巷，撑着油纸伞的姑娘。烟雾缭绕，朦胧而浪漫。

这一季的爱情更令人痴醉。少女们渴望有一个翩翩少年，能叩开她的心扉。与她在西湖泛舟，谈论诗文、哲学。谈论梦想与未来。

少年则期盼有一个红颜知己。有倾城的容颜，懂他的才情，和他琴瑟和鸣。一见倾心，四目含情，美不胜收。

但在现实生活中，多是落花有情，流水无意。在如今的教育体制下，更衍生出无数的痴男怨女。

所以，许多人宁愿将喜欢的种子埋在心底，默默地去浇灌它、守护它，让它在掌心里开花。而我也是这许多人的一个。

喜欢一个人的时候，会在乎他的一举一动，会做出各种各种奇怪的事来。

记得那时候，我们是七点十分上早自习，他总是踩点进教室。为了能遇见他，我也就迟点去，而他那句"好巧呀！"让我脚下轻飘飘的，仿佛踩在棉花上，完全失去了重心，但心底却乐开了花。他跟我说话了。喜悦的潮水自四面八方拍打着我，使我突然间莫名地傻笑。课文中，有他名字的字，也会多读几遍。仿佛这字里藏着他身上的薄荷味，然后沉醉其间，并且乐此不疲。谁叫我喜欢他呢。在那时，喜欢一个人仿佛是件天大的事。

年少的我们多么像清晨的栀子花。一缕阳光，露珠在心间闪闪发光。想起了何炅的一首歌，"栀子花开呀开，栀子花开呀开。淡淡的青春，纯纯的爱"。唱进了我们的心坎，年少的我们，谁的爱情不如此纯粹？

　　为了一个句话，一个微笑，一个眼神。哭得洪水决堤，或笑得没心没肺。像敏感的含羞草一样，只要轻轻一碰，它便会给予热烈的回应。将三毛那句"没什么目的，只是爱你"演绎得淋漓尽致。

　　是的，没什么目的，只是爱你。（米路）

错 过 你 为 遇 见 谁

而那些轰轰烈烈，只为证明我们曾经年轻过。

我曾经爱过一个男孩。

那个男孩有明亮的眼睛，洁白的牙齿，孩童般的笑容。

我记得很多很多细节。比如他说话的神态，他皮肤上的小绒毛，他手上戴的刻有他英文名字的银手链，还有他站在楼下等我的样子。他缺乏安全感，总是喜欢把双手插在上衣口袋里，走路的时候也是这样。

我记得有一个晚上他坐在我们宿舍楼下等我，那时候我们还只是朋友。他总是主动约我，请我吃饭。他说，我很像小说中的女孩。我想了想，觉得自己没有什么不同。也许在他眼中，一个女孩子做过模特儿才来读大学，而且化妆，性格叛逆，引人注目却独来独往，这些都让他觉得吸引。所以我想，他还真是一个孩子，这么容易就觉得好奇和新鲜。

后来他轻轻地把手搭在了我的肩膀上。我没有拒绝也没有动。我只是觉得这种感觉有些奇怪。

就好像，搭错了线。

可是后来，我还是爱上了他。我甚至也爱他和我所有不同的地方。我爱他的幼稚、傲慢和虚荣；我爱他的小心翼翼，忽冷忽热；我爱他所有的不成熟与不完美；我爱他善良和不够善良的一切。

我不知道他爱不爱我。就像他也从不清楚我有多爱他。我们总是试探彼此的底线，像两个没有安全感的蜗牛。

他临走的前一天晚上，我对着他一直哭。旁若无人地号啕大哭。完全不顾及形象也完全不需要掩饰。因为我知道他其实是不爱我的。我心里突然就清楚了这一点，不管他说什么，我都清楚这一点。我忽然明白我们之间隔着万水千山，有着长长的距离。像被隔开的岛屿和岛屿，完全无能为力。

但我却无可挽回地爱上了他，爱得把心掉下了悬崖，连回声都没有。于是我只能哭，用尽力气哭。我用哭泣为自己的爱情做了一次永别和饯行。

　　一生当中，如果说最难忘的一段恋情，可能就是这个人。我到现在还记得那种面对他就莫名心跳羞涩的感觉，拧巴得像个涉世未深的小女生。但是若说值得，他其实并不那么值得。

　　他最特别的意义，都是我自己赋予的。我为他给出了最真实的那个自己。那个下着雨的夜晚也要跑去看他一眼的我，是我自己以前不认得的；那种确确实实的喜欢，也是自己以前从来不知道的。

　　所有的难忘，还因为他并不真的爱我。他其实谁都不爱，他只是个孩子。他只爱他自己。

　　而那时候，我也并不成熟，我的爱太任性，太狭隘和偏执，所以伤得很重。

　　多年以后，经历若干或长或短大大小小的恋情，**我才懂得爱是什么**。我才知道那些痛彻心扉的伤离别不过是青春散场的背景音乐和装饰物。但我还是很怀念和珍惜那个自己，那里有我最宝贵的年华和我最柔软的感情。

　　多年以后，当我遇见了另一个人，我才知道，一份妥帖的爱其实是内心拥有的力量，它会让你的外表越发安定平和。因为你内心里是笃定的，所以你可以淡淡地安然地去做每件事情。你知道，他在，而你也在。当你看到他，你的整个世界是和煦开阔的，你第一次有了踏实确凿的安全感，你相信他，也相信自己。你了解他，也了解自己。当你把手交到他的手中，知道自己可以跟随他到任何地方都不会惧怕，就够了。

而那些轰轰烈烈，只为证明我们曾经年轻过。

终有一天你会明白，一个真正爱你并值得你爱的人会为你做什么样的事情。当初你爱一个人，是爱恋爱中的那个自己。直到你遇到了另一个人，爱他就像爱你的生命。而若没有那些经历，你又怎么会懂得珍惜。

上帝在让你遇到对的人之前总会先安排一些错的给你，这样才会让你在遇到对的人的时候心怀感激。而那些美丽的错过，只为遇见命定的这一个你。

随着时光的流逝，爱也会成长。那些深深浅浅的伤害，不过是为了帮你的人生开出一张清单，清算所有人的排名和价值。"一个真正值得你流泪的人根本就不会让你哭"，那就把我们的眼泪，都留给青春。

想起那些往事，便又想起柳永的词：和我，免使年少光阴虚过。

于是一切都仿佛历历在目，一切又都释然。（W 小姐吴桐）

谢 谢 你 给 我 的 初 恋

谢谢你，我的初恋，因为你，我知道什么才是爱，什么才能留在心底一生。

那日与朋友聊电话，从各自所在的城市，聊到这些年走过的地方。他说过几天就要去某地上班，会经过重庆。

说到重庆，他含蓄地说起了他的初恋。那年他十七岁，他的初恋十九岁。两个人在不同的城市，车程两三个小时。他们都读高中，一个即将高考；一个刚念高一。他提到他的初恋在重庆，我漫不经心地接了一句：好巧，跟我一个城市呢。

他每往下说一句，我就愈发紧张，心想他说的那个人不会是我吧？一边这样想，一边又被这样的想法所吓倒，觉得会不会太自以为是了。我打算问他的初恋是谁，已经把这行字打出来了，想想不妥，在发送前赶紧删掉，诚惶诚恐不敢多说，等他讲下去，可是他说得越来越有似曾相识的感觉，忍不住又想多了。

　　我终于战战兢兢小心翼翼地问了他说的初恋是谁。他回我言简意赅的一个字："装。"我甚至都能感觉他翻了个白眼。于是真相水落石出了，果然不是我多心，一切事出有因。

　　尽管如此，我还是没能放松下来，肩上的压力似乎更重了。

　　我是那个十七岁的他的初恋。

　　他说了很多零碎的片段，很遥远，却很清晰。我也想起了那些我们在一起的日子。其实我颇为意外，因为如果他不说，我真的不记得原来我是他的初恋，我们似乎从没跟对方真正地相处过。

　　说到我是别人的初恋，这种被动的感觉怪怪的，会不会像是抢走了别人一件珍贵的玩具呢？有虚荣，有甜蜜，有遗憾，有无奈，有伤痛，结果还是没有走到现在走到最后啊。

　　当时我如履薄冰地问他恨不恨我。他说有什么好恨的，还得谢谢你呢。要是恨的话也不会一直有联系，我还怕你恨我呢。我一直是个完美主义者，不想对不起任何人，即使故事没有想象中的那么完美。只要没有在感情和心理上带给他可怕的余悸和阴影，这让我欣慰。

　　我想我还是应该真心地感谢他，谢谢他将近十年后给了我一个特别的夜晚，我以前从不敢问你对我的看法如何，是甜蜜，是冷漠，还是心有不满的，但是现在，我有了答案。我们之间有那么一段过去，对我来说，已经够了，谢谢你给我的初恋。

　　谢谢你，我的初恋，因为你，我知道什么才是爱，什么才能留在心底一生。（佚名）

可 惜 不 是 我

可惜不是我，被赋予爱你的殊荣。

1

"我爱他呀，已经十三年了。加上认识的时间，差不多有二十年。"

一个初春轻风凉薄的午后，叶子姑娘这样跟我说。

2

在认识叶子很久之后的某一天，叶子突然问我，你知道我为什么看了你的博客后想认识现实中的你吗？

我当然不知道。叶子说因为她看到了我写的一段话。

我早已不记得是在什么境况下写的那段话了，甚至那篇文章我也不知道什么时候删掉了。

但叶子很笃定地说那段话是："多少人朝三暮四，多少人假意奉承，多少人以爱之名做尽错事，只有我知道，你那些外人看起来近乎盲目和可笑的坚持有多珍贵。"

然后叶子给我讲了她的故事。

3

叶子认识他的时候才上小学。从大学的附属小学一路读到附属高中，所以他俩一直是同学，但很不巧，都是隔壁班的同学。

故事的开始是在初一。那年叶子失去了父亲。班里都知道了这件事儿，叶子也好强，在同学面前从来都伪装得一切如常，甚至还会自己说些笑话打破班里好像是为了刻意照顾她情绪的缄默。

有一天开运动会，叶子回教室取运动服，呆呆地坐在座位上，突然在空无一人的教室里哭了起来。这时有位男生正好路过她们班的教室，听到那声号啕大哭，有点手足无措但还是走到了叶子面前，推推她，哎，你怎么了啊。叶子没理，男生又说，你笑一笑啊。叶子抬头一看，他正在拼命地挤一个滑稽的鬼脸。叶子扑地一声笑出来，看叶子不哭了，男生将脸恢复了正常，露出一个略带羞涩又无懈可击的笑容来。

叶子说，那天教室的窗帘外飘进带着蔷薇味儿的风，阳光透过窗棂照进来，恰好有那么一小束散落在男生前额的头发上。她隐隐约约地听到冰河的一角碎裂的声音，紧接着是融化的潺潺水声。

《午夜之前》上映，我们一起去看，十八年前大屏幕上带着点婴儿肥的可爱女孩变成了在烦琐的家庭生活中力不从心的绝望主妇。在又一次激烈的争吵中，已经相爱了十八年的他无力地说，因为你唱歌的样子，我搭上了整整一生。叶子脸上突然爬满了泪，我知道她在想什么。为了他在初一教室里一个拼命挤出来的鬼脸，她也已经搭进去了近乎全部的青春。

4

再后来，他们并没有顺理成章地变成好朋友或恋人，仍然不过是点头之交而已，但叶子从此开始了旷日持久的暗恋。她偷偷地调查清楚了他的成绩特长兴趣爱好，他家住哪儿，上学放学的时间，乘坐的公交车是哪路。她费尽心思制造和他在放学路上的偶遇，或者干脆什么也不做，只是跟在他身后看着他的背影一截一截地融入夕阳里。她课间休息时一眼不眨地望着教室门口，只为了等他路过的那几秒钟。她为了他一个温和的笑意而高兴半天，又为了他和别的女生过分亲密的举动而难过好久。

高中之后，男生成绩很好，叶子为了和他考入同一所大学，拼了命地学习。她每次最开心的事儿大概就是走到走廊里那张长长的成绩单前，发现他们名字之间的距离又缩短了一些。可惜最后男生去了上海的某个高校，叶子则进了她从小到大的学校都被"附属"的那所大学。

在整个漫长的高三，叶子最大的动力就是高考完了就要表白。可高考完之后叶子因为怕被拒绝一直犹豫到了上大一，才忐忑不安地打听到了他的手机号，然后频繁地联系了起来。

让叶子刻骨铭心的那段对话是这样发生的："听说你还没有女朋友？""对啊。唉，没人愿意当吧。""怎么可能。""那你愿意吗？"

叶子说她简直不知道该怎么形容那时候的激动和开心，好像心脏每秒钟都要突突突地从胸腔里跳出来然后长双翅膀飞出去。难怪别人会说，最幸福的事情，莫过于你暗恋的人恰好也在暗恋你。

　　后来男生也做过很多让叶子感动的事情，比如大老远地从上海赶回去，突然出现在她的宿舍楼外；比如她过生日他回不去，但拜托了共同的高中同学亲自将玫瑰花和礼物送到她手上……

5

　　所以，叶子做梦都没有想到他不过半年之后便移情别恋。对方是男生的同班同学，近水楼台先得月，何况那个女生也是又热情又主动。男生吞吞吐吐地和叶子打电话，说他不知道该做何选择，叶子问清之后没挽留，很干脆地说我退出，你们好了吧。男生痛哭流涕一直说对不起，叶子挂了电话，一个人在学校湖边的椅子上坐了一天，无数次生出了想跳下去的念头，直到深夜宿舍门禁前舍友将她找回去。

　　可自那之后，叶子又爱了他六年。

　　一开始恨得咬牙切齿，后来慢慢地不再恨，心情反而回到了恋爱之前。她也并不打扰他的生活，只是远远地、默默地看着。

　　有一次，男生生病住院，叶子听说之后买了无座火车票连夜赶过去，走到医院门外才豁然清醒，觉得不妥，把买的东西交给他朋友，还叮嘱了句，别说是我买的。然后又是一夜的火车赶回学校。

后来男生毕业去了深圳工作，叶子想看看穿西装的他和他的工作环境，又是三十多个小时的火车赶过去，在那栋办公楼外站了半天，却在他正要从大厅走出来的那一个瞬间仓促逃离。

叶子说，你看这么多年他一直和那个女生在一起，他不是个朝三暮四的花花公子，只是我不是那个对的人，所以我不恨他。

叶子说，我知道你想怎么劝我。不要在一棵树上吊死，他不值得，你还有着大好的青春年华呢。我也经常用这样的话来劝自己，可是，没办法，这已经是我生活里的惯性了。

叶子说，我至今也分辨不清，我究竟是爱他，还是爱那段爱着他的时光。可是又有什么区别呢？他是我整个青春里全部的梦想。从小到大，我幻想的所有人生，每一个细节都和他有关。

叶子说，我是真的希望他好，虽然那个人不是我，但我还是希望他好，我只想看着他过得好。

在安徒生所有的童话里，我最喜欢的是皆大欢喜的《白雪皇后》，叶子最喜欢我觉得过于悲伤的《海的女儿》。虽然那个曾经一心二用的男生根本无法与童话里的王子相比，可叶子这些年的心境想必和人鱼公主化作泡沫时一样。她们心里都在想，可惜不是我啊。

可惜不是我，陪你走过所有未知的坎坷，遍历你心情的辗转和周折，一起将悲欢离合看尽，在岁月尽头将你的白发抚在掌心。

可惜不是我，能把所有青春的光亮容颜和之后平静又漫长的一生交给你，幸福也罢，平淡也罢，一切都任你裁度。

这些年她没有再恋爱，所有一个人的日子全是在这种心情下度过。她把自己锁进了一间黑黢黢的屋子，然后把钥匙远远地扔出去，谁都找不到。

6

后来又过了一个夏天，叶子毕业，要去法国工作了。公司在欧洲有业务，作为新员工的叶子主动请缨，前后不过一个周的时间。

那天我去机场送她，她的长发和初见时一样安稳地垂在温柔的肩头，笑着和朋友同事告别。这两年，好像有什么东西变了，好像又什么都没有变，除了她的笑容又寂寞了一点。她已经很久没再和我说起过男生的事情，我还以为她真的过来了。可机场里最后一个拥抱，她的声音绕过头发传过来。他要结婚了，我走了啊。

我愣了两秒，还没来得及回话她就松开了我，转身离开。

7

　　你看这真不是一个好看的故事。如果它是一部电视剧，你可能早就换台了；如果它是一场电影，影院里也一定已响起一片鼾声。即使女主角再美都救不起这个剧情，可我答应叶子要写写这个冗长、絮叨又像是独角戏的故事，是因为，有那么一些时刻，她陷入回忆时眼角明媚流转的光，让我觉得，在这样一个时代，爱情好像仍然固执地存在着，不管以什么样的形式，不管能否得到报偿。也有人仍然愿意为自己笃信的爱情付出漫长的毫无希望的等待，在故事的结尾迈着并不潇洒却沉默安静的步伐告别离开。

　　拜伦有句诗：假若他日相逢，我将何以贺你？以眼泪，以沉默。
　　叶子姑娘，我多想以释怀，以遗忘，或者以你真正的笑脸啊。
（伊心）

谢 谢 你 曾 经 的 守 候

谢谢你曾经的守候，让我在这一季不断地坚持。

曾经无言的相伴，会是我今生美丽的回忆。

　　初遇你，我们便是同学。你有你的生活，我有我的梦想。只为了高考的那一个重压，我们都相聚在美丽的校园，日以继夜地学习，只是学习。你我都不了解彼此。我们的相知，始于同桌的缘分。你的沉默，我的奋斗，便是我们一直格格不入的借口。

　　慢慢地，随着时光的流逝，我们慢慢交流起来了，初识你，便觉得你的踏实、你的成熟、你的沉默、你的低调是众多男生所无可企及的。

　　曾经，我们肆无忌惮地聊着梦想、聊着爱情、聊着未来；曾经，我们一起指点江山、挥斥方遒；曾经我们在那困厄失语的日子里一起坚守过。

那些一起奋斗过的日子，早已定格在我们的回忆中，当有一天回忆还保有余温时，那些充实而快乐的日子便是我们嘴角的那一抹微笑。不清不淡，不急不缓，就这样，在岁月的洗涤下，这些回忆又再次跃然纸上。

我们的梦想是不是都太美丽了，也都太易碎了？我们不甘，我们不放弃，我们选择了背负千斤顶，重走逝去的高三，我们踏上了彼此的复读之旅，就这样，为了我们的未来，你我逝去了彼此的讯息，那一年，我们从未见过、从未联系。

当一年以它固有的节奏迈到它的终点时，我们相见在我的生日聚会上。那时的你我，在一年的复读路上，都有了重大的改变。我们相视而笑，在热闹中结束了这次匆匆的见面。

那年夏天，我们都在悲伤中迈进了各自选择的大学。因为命运爱开玩笑，我们爱坚持梦想。

不知从何时，我们突然联系起来，频繁地联系起来，不论是通过短信、电话，还是QQ，我们变得无话不谈，我的心房为你敞开。我向你诉说着我的感情、我的梦想、我的生活；你向我倾诉着你的那次暗恋、你的大学生活、你的成长故事。我们巧合地呼吸着同一座城市的空气，我们之间的距离，原来只是一辆公交的距离。可我们都在逃避着，但对彼此的依赖却越来越深。每隔几天的一个电话，似乎成了彼此的精神支柱。

　　终有一次，你来到我的校园，我们一起漫步在初冬的岁月里，那一天，我们玩得很快乐。

　　原来我以为，我们会是永远的好朋友。可在我们逐渐频繁的交流中，你却告诉我，你喜欢上了我。

　　这慌乱了我的年华，惊动了我心底小小的城。

　　你的走进，让我慢慢依赖，慢慢熟悉。我在你的守候中，度过了一个春。你曾牵着我的手，带着我爬山；你曾陪着我在偌大的操场上走了一圈又一圈；你曾抱着我穿越了鬼域迷津。原谅我的贪婪，自私地占有了你的这一季。你却依旧是沉默的，依旧那么低调、那么淡然。仿若，我找不到任何事可以让你动容、让你惊呼。

　　在我们这一季的相处中，我原以为，我能慢慢和你相濡以沫，慢慢和你携手走到地老天荒。可是，我错了，我无法和你走下去，我不知原因，不懂我心。只是内心的一种力量在召唤着我，我不能违背自己的内心，欺骗着你、依赖着你、伤害着你。

　　谢谢你曾经的守候，让我在这一季不断地坚持。曾经无言的相伴，会是我今生美丽的回忆。

　　夜色阑珊，今夜难眠，只因你我的故事犹如烟火，在最灿烂的时刻陨落。你曾说，做不到相濡以沫，就选择相忘于江湖。

　　可后来，你却发现，相忘于江湖原来只是个美丽的谎言，真正经历过的人，会懂得，曾经的相守与相伴，却终是此生再也无法消逝的回忆。你我不想要的结局却成了今生无法改变的永远，你想要的永远却只能是曾经那一刹那的微笑。

　　一曲终了，不知指间尚有余温的文字是否能伴你我日后无眠的夜？不知昨日那温热的回忆是否还在我们的心头萦绕、低回？不知一叶兰舟是否能载动你那满腹的忧伤与沉默？不知道今夜梦里的那一江春水是否还是我们无法跨越的距离？（佚名）

卷 二 /

暗恋时光

我不能给你全世界，但是，我的世界，
全部给你。

暗 恋 是 孤 单 的 心 事

记得学校那一棵大树，简易的秋千，又一次你将它荡起，
那熟悉的画面，却再次浮现，
你静静地随着秋千的摆动，木然地看着树枝，脸上写满了想念。

你穿过那片开满油菜花的田，狂奔向那个相遇的地点。

但是，在那已经废弃的铁轨上，一辆已经停用的火车，你独自奔
到某一节车厢里，放声大哭，汽笛声掩盖了你的悲泣。

那一路熟悉的公交车，当只剩下你一个人在车里面，呆呆地透过
窗户，望着蓝天上，飞机走过的航线，清晰可见，回忆起以往和他一
起坐车的画面，嘴里却说不出曾经的感觉。

还记得，以前，总喜欢一个人，冒险，旅游。现在喜欢一个人，
却已经离开。

　　某一天，你在某一个站台，等了好久，好久。看着过往的列车，却没有等到那列为自己靠站的，余晖下的天桥，有你的身影缓缓地走过。孤独在身边蔓延。

　　记得学校那一棵大树，简易的秋千，又一次你将它荡起，那熟悉的画面，却再次浮现，你静静地随着秋千的摆动，木然地看着树枝，脸上写满了想念。

　　那一天，下着雨，你在那个曾经和他一起等车的公交车站，坐了一整个下午，过往的公交车走走停停好几次，你却没等到那辆和他一起坐过的车子。

　　夏天的雨，给人带来的是凉爽，但你搂着双臂，校服的单薄还是让寒冷侵袭了装满悔意的心。

　　不知道在什么时候，雨，终于停了。伴随着第一丝晚霞透过乌云的微光，你在那个熟悉的天桥上大声地吼了一次。许久没开口，这一声包含着所有的想念与回忆，以及那一丝丝的后悔。

　　不知道过了多久，在那个熟悉的路口，你和他又一次相遇了。看到彼此的同时，都停下了脚步，微微笑了一下，闪过一种期待的眼神，然后彼此有默契地各自往前走，擦肩而过。眼里充满了失望的色调。你经过他身边的时候，心里很认真，很认真地默念了一句：喂，我喜欢你。你的脸上浮现了豁然的笑容，没有说出来的话，终究还是以这种最自欺欺人，也最有效的方式表达了。

风，拂过你的发丝，亲吻你的脸颊，轻轻地为你抹去那不知何时涌出的泪水。（跟屁虫）

你 ， 暗 恋 过 吗

你不后悔当初没跟他表白，并且心中还有点小欣喜，
至少，他的青春，你来过。

　　青春年少时，每个人都有那么一两个暗恋的人。

　　他们也许很优秀，很幽默，很帅气，很认真，很专一，满身光
环。又或许，他们很平凡，毫不起眼，他们很爱找你麻烦，总是恶作
剧，可是有什么好东西总是想到你，好听的音乐总是介绍给你，好吃
的东西带你去吃，好笑的故事只讲给你听，喜欢看你哭得一塌糊涂，
可以无所顾忌地听你发牢骚，他们说不定有着满身的缺点、坏习惯，
但是渐渐地，他们成了你的日记本里除了你唯一的名字，你的喜怒哀
乐被他轻易地操纵着，你的视线总是被他牵引着，你的爱好正慢慢被
他改变着。

你开始喜欢在黑夜里想念他，你幻想的梦境里他是男主角，不再像以前那样轻松地与他相处，和他说话时一不小心会脸红；看到他和别的女生说话，心里就不爽到极点；有时看到他发来的 QQ 信息点开会手抖，看到他的温暖信息会偷偷地笑，每次回复都会在心里细细地斟酌，不能太热情，不能表现得太在乎，可是又不敢太冷淡，怕伤了他，装作不在乎，淡淡地回复，其实心里早已开出了欣喜的花。

总是觉得自己也是他心中的女主角，觉得他也像你注意他一样注意着你，觉得他也像自己喜欢他那样喜欢你。

可是，渐渐地，你们联系越来越少了，慢慢变得陌生了，甚至见面都不打招呼了。你站在原地，想象着以前他看见你时，会热情地打招呼，甚至会旁若无人地拥抱你，可是现在却越来越远了；想象着以前你也会无所顾忌地打趣他，嘲笑他，可是现在和陌生人的区别只在于有过那一段回忆。

你开始奇怪，你们怎么了。你开始感伤，你觉得自己失恋了。每天没精打采，可是一见到他，又眉飞色舞，总是希望他可以看到那个曾经的自己，开心快乐的自己。可是他总是在你的身边笑笑而过，满不在乎。你失望，满心的失望。偶尔也会像文艺小青年一样偷偷地哭，哭过之后，又会在心里暗暗地骂自己很愚蠢。于是，这段小小的恋情，就这样，以奇怪的方式被扼杀了。

多年以后，你和他在街上偶遇。你早已放下，内心平静地与他打招呼。他有点不好意思地笑笑，对你说，我下个月要结婚了，你，要不要来。你微笑地点头。

婚礼上。他以前的兄弟惊愕地看着你，你不是那谁吗，他以前可把你喜欢得死去活来呢，胆小着呢，都不敢跟你说呢。你惊讶了一下，很快就归于平静，勾起那标准式的微笑。

你不后悔当初没跟他表白，并且心中还有点小欣喜，至少，他的青春，你来过。（锁骨上的一尾金鱼）

有 个 傻 瓜 爱 过 你 ， 你 无 须 知 晓

虽然你从来都没有注意过我，但我还是打心眼里感激你。
因为你的出现，我才有了那么多丰富斑斓的青春记忆。

1

二〇〇八年六月二十三日十五点二十七分，我终于决定跟你一起去湘西。

我躲在网吧的包厢里，偷偷笑了好久。因为你在学校的贴吧里说，你终于考上了这所二本院校。任何人都无法理解我的行为。但是我知道，我之所以这样，不过是为了和你在一起。

二〇〇八年九月十日，我在体育馆的大厅里看到了你。报名的新生们像无头苍蝇一样乱撞。很快，你便消失在了茫茫的人流里。

我不知道你在哪个系，不知道你住哪栋宿舍楼，甚至不知道你有没有男朋友。

2

军训汇报表演的时候，我再一次见到了你。

你站在人群的最前面，威武的正步踢得一点都不逊色于国庆阅兵场上的女兵。看台上有几个厚脸皮的男生朝你吹口哨，你连看都没看一眼。

我差点忘了，当初在中学的时候，你就是众多男生追捧的对象。尽管你的成绩一塌糊涂，可你从来都是佼佼者，你经历过许多万人瞩目的场面，因此，才会在此刻泰然得如同山岳一般。

毫无疑问，那次军训比赛，是你带领的新闻系赢了。我们系不过得了个安慰奖。

作为班长，我和你一同站在了领奖台上。摄影师挥着左手喊道："近些，对，再靠近一些。"

就这样，我和你肩并肩地站在了喧闹的领奖台上。我能听到你均

匀的呼吸，能感受到你臂膀传来的温度，甚至能闻到你身上那股若有
若无的兰花香。

　　我抱着最小的奖状，在人群里笑靥如花。同学们都说我的脑袋有
问题，不觉得羞耻也就算了，竟然还有脸笑得比拿一等奖的你更灿烂。

3

　　第一次当晚会主持，台下的所有男生都说，你是整个学校最漂亮的
女主持。听到这话，我应该高兴才对。可不知为何，竟无故忧伤起来。
　　你从来都是这般惹人注目，而我呢？有谁在意过我的存在？又有
谁知道，我是如此喜欢你？

　　显然，悲伤并没有结束。
　　晚会中途，一个高大帅气的男生怀抱大束玫瑰朝你冲了上去。台下
一片哗然。我没料到，一向冷若冰霜的你，竟然当众接受了他的殷勤。

　　再后来，我报名参加了迎新篮球赛。生来只会读书的我，其实压
根对篮球一窍不通。
　　我到处借 NBA 的光盘看，拼了命地训练。目的，只是想从那沉
默的淤泥中爬出来，让你看到执着而又冷静的我。

比赛那天，你到底是来了。穿青底红花的苏式旗袍，梳着如云雾的宫廷发髻。全场男生都惊呆了。你永远是那么与众不同。

为了发挥最好的状态，我特意喝了三瓶冰冻红牛。投篮、盖帽、再投篮、再盖帽。你喜欢的他，似乎跟我有着莫大的仇怨。只要我一抓到球，他就舍了命地盯着我。

你的目光从来没有离开过他的身影。

我抱着篮球，我成了独来独往的人。不论遇到什么情况，我都再也不会把球传给任何人。

队友们喊我、骂我、呸我，我都不理。我的要求多么简单，我只想进一个球，只想在他的面前赢一次，只想让你的视线在我身上停留一秒。

可惜，事实已经证明，这个方法根本不管用。

4

二〇一〇年十二月，我在漫天卷地的雪花中看到他和另外一个女生牵手了。

再后来，就听到了你和他分手的消息。

那些日子，我天天坐在网球场上等你。我多希望你会知道，不管怎样，这世界上都会有一个男生死心塌地护着你。

五天后，你终于来了。生活有的时候真是一部戏剧。没想到，你们俩竟会在宽阔的球场上狭路相逢。更要命的是，你看到他的时候，他正和那位大眼女生同吸一杯柠檬水。

你手中的网球拍像枚炸弹一样飞了出去。那女生猝不及防，被坚实的球把打得哭天喊地。

他一个箭步冲了过来，愤怒的指头像要戳进你的眉宇里。

那一秒，我估计我是疯了。二话没说，竟对着他匆匆而去的后背飞身一脚。

摔倒后的他，爬起来，挥着偌大的拳头，朝我一顿暴打。

5

躺在医务室的病床上，连你都觉得莫名其妙。

傍晚，你送饭过来时，我正给家人打电话。你听了我的方言后，欣喜若狂地说："哇，你是不是大理的?"我点点头："哇! 我们是老乡啊!"

　　"你哪个学校毕业的?"你问我。

　　犹豫片刻之后,我把学校名称告诉了你。你一脸疑惑地看着我:"不可能吧? 我也是那所中学毕业的,怎么没见过你? 你哪个班的?"

　　我把我的名字告诉了你。

　　"你不会是那个用重点分数报二本院校的高人吧?"你说这句话的时候,嘴角歪得像个茄子。

　　"真不明白,考那么好的分数,竟然报这种学校。李先生,请问您当时是怎么想的?"

　　你把小手捏成麦克风的模样,递到我的嘴边。我多不争气,竟在这一刻用眼泪代替了回答。

　　再后来,你交了新男朋友。对于你当天的问题,我还是没有给出真正的答案。连这份若有若无的友谊都来得如此千辛万苦,我还敢奢求什么呢?

　　虽然你从来都没有注意过我,但我还是打心眼里感激你。因为你的出现,我才有了那么多色彩斑斓的青春记忆。我真的毫无抱怨,毫无情绪。

　　有个傻瓜爱过你,你无须知晓。　(李兴海)

嘿 , 我 暗 恋 的 女 孩

我喜欢，在你纤长的软睫毛轻垂下，悄悄侧过脸，凝望，如久别的恋人那般。

现在是初晨八点，我正藏在我温暖的小被窝里点写我逝去的韶华。那么，你呢？那沉静如雪的女孩，是否在榆树下，捧着一卷缀满墨香的诗卷静读呢？嘿，晓得吗？在这颠散凌乱的流年里，与你的那段小时光，已然深刻。

那时，我喜欢在遥间七个笔袋的距离的你的身后，安静地凝望你的安静。阳光，偶尔亲吻你恬淡的眉宇；偶尔途经混乱的林散成斑驳的影贴在你耳边；偶尔自你长长的发梢滑落，泻在你墨绿色书桌前，碎成一片金黄。

那时，我会奉上荒芜了几节数学课后几行微小文字的小诗，然后听你安静默读认真时。我会在你微笑着的赞扬时，心里窃喜。我喜欢，在你纤长的软睫毛轻垂下，悄悄侧过脸，凝望，如久别的恋人那般。我会在你不经意的一句淡漠后，消沉，悲伤，发呆醉在文字的世界。恍恍铃声已落，雪白纸上的几行浅字低声对我说，方才谢去的时光你没有荒芜。然而我继续对着一堆堆高耸的空白作业发呆，我会在你不经意的一句温暖后温暖。即使前一秒我冰冷锋利，即使前一秒我消沉、悲伤、发呆，醉在文字的世界。

我喜欢，在你伤心、开心，与你一起安静。我喜欢、永远的、远远的、安静的，凝望着你的安静。可我与你也只能永远远远那七只笔袋的距离和安静，心也是。

于是，在梦里，你常常化作一个梦。你恬淡的眉宇下，黑色的瞳眸似一双温柔的夜。长长的墨发任风吻轻轻向后律动。你安静美丽的容颜缓缓向我，步迟迟。

夏日的花的芳香自你如你一般沉静如雪的衣袂流谢，散落了一地惹人悸动的咒语。而悸动的潮汐没过我心口，恍然窒息。然而梦总是要碎的。你在咫尺与我时，碎了。然后我的梦碎了。然后我醒来，怅然若失。

　　也许，我只能在那七只笔袋的距离安静地凝望你的安静。

　　也许，你我只能咫尺画堂。

　　也许，你我在行途中阡陌，然后陌路。也许你我天各一方，也许你我彼此遗忘。（鱼子斑）

盛开在角落里的花儿

我喜欢看你望着黑板出神的样子，然后转过头问我：你听懂了吗？

我总是在你转头之前回头，从不被打破的自由与隐没，是我十七岁里最喜欢的感觉。

盛开在角落里的花儿，因为我知道你看不到我，所以我放心。

还记得初次见你的时候，校园的花儿开得无比灿烂，轻风吹起你白色衬衫的衣角，背着单肩包的你显得略微瘦弱，我从你身旁经过的时候，可以看到你略带微笑的深情。

一个人自顾自地微笑，可能是因为他想到了一些喜悦的事，也可能是他看到了满意好玩的事，又或者他对面走来了一个和他亲近的人。

我想，不会是后者的，因为我们并不认识。

记得那是开学的第一天，我可以看到你走路时略带些疲惫的脸，那时一种阳光下特有的美好，那是属于你的。

　　"嘿，你好，我可以做你同桌吗？"

　　我还在刚才遇见你的情景里。

　　"你好，我可以坐这儿吗？"你指指我旁边的位置。

　　"可，可，可以。"

　　然后，我们成了同桌。

　　我喜欢看你奋笔疾书的样子，那是独属于学生年代的心甘情愿。

　　我喜欢看你写的每个字，那是你用心刻下的眼睛，我可以透过它看到你，看到自己。

　　我喜欢看你望着黑板出神的样子，然后转过头问我：你听懂了吗？我总是在你转头之前回头，从不被打破的自由与隐没，是我十七岁里最喜欢的感觉。

　　你不知道我为什么总是喜欢走在你的后面，其实我也不知道，我也想知道。有时候，我害怕有些事想得太深了，就会让一切关系止于此。

　　你不知道，其实我每次写在纸上的歌词都是觉得它们说中了我的心事。你说：这么爱显摆，谁都知道你字写得好看的。我说：是啊，是啊，就爱显给你看，怎么样，你写不来了吧。有时候我们用最不好的语言去说一些本意并不如此的话，只是因为我们的关系足以天长到地久，不需要刻意去隐藏自己。

你不知道，其实我并不是很喜欢你穿的那件白色衬衫，没人告诉你吗，隐藏在衣领下的那个小洞总是试图引起大家的关注。当然没人告诉你，因为那是只属于我一个人能看到的角落。

其实，这样刚刚好，就像一阵风吹起了一片落叶，但它总会落下，我们也终会找到自己真正的心思。懂的不必说，说也不一定要懂，留住最好的阐释方式才能保持最好的姿态。（佚名）

暗 恋 是 一 朵 野 莲 花

第一次看到他趴在拐角处的栏杆上时，我已然不能自拔。

　　十年前，我梳着短发，齐耳的那种童花头，旧的白裙子和鞋，很
瘦的女孩子，有时会在头上别一个发夹。更多时候，我背着书包站在
二楼的拐角处看着对面的三楼。三楼的拐角处，有一个男生，课间的
时候，他常常一个人趴在那里，望着远方的天空。

　　他，十七岁，细长的个子，头发是棕黄色的，有一点点自然卷，
淡淡的忧郁，如传说中的王子。
　　第一次看到他趴在拐角处的栏杆上时，我已然不能自拔。

　　很多时候，有人说爱上一个人是因为他的一句话一个微笑，或者

一个问候，但我是因为一个眼神。他走过我身边时，有一种淡淡的眼神飘过来，他不是在看我，他是在看云。

就那样迷恋上他。十六岁的女孩子，常常一个人望着对面的栏杆发呆，心中默念着他的名字。

我们那个年级的很多女生会把男生的名字挂在嘴边，在宿舍里、图书馆和晚自习时，他的名字会随时蹦出来。

他不知我在暗恋他。我的暗恋像一朵野莲花，在偌大的池塘里，兀自招摇，散发出幽微的芬芳，可惜，只有我懂得，只有我看得见。

从他开始，我只喜欢这一类男生，瘦、苍白、自然卷的头发，笑时，嘴角仿佛有一丝丝不屑，一直到以后的很多年。

他喜欢晚自习后吃夜宵，每次都是一碗兰州拉面，放很多的辣椒，我亦放很多，坐在离他很远的角落里。很多人来吃拉面，他们是为了充饥，我是为看到马苏然。

很多年后，见到兰州拉面的刹那，我还是会流泪。

有时候，坐在足球场上看他和男生踢足球，很潇洒的姿势，在夕阳里，我呆呆地想这样男子，到底喜欢什么样的女孩子？

终于有一天，我得到了他的电话，他家的。

把那个电话号码攥在手里，来来回回，被汗水淋湿了。我打开来看，八位数字的号码早就烂熟于心，可还是攥着那脏字条。

终于，在那个下午反复了几百次后，我听到了他的声音。

"请问是谁?"

"是谁?"

我是谁? 电话里是我急促的喘息声，几秒钟，我放下电话。那时，是没有来电显示的，我很庆幸没有说话。

第二天，与他在图书馆擦肩而过，我定定地看着他。我心里狂喊着他的名字，但他听不到，亦看不到。在他手里的书，是一本普鲁斯特的《追忆似水年华》，书名一下子让我泪流满面。

我跑了出去，院子里正是春天，大朵大朵的玉兰花开了，一片又一片。

那时我的日记里，只有他的名字。

高二最后的一个学期，当我的名字和他的名字排在一起时，很多人站在一起看。

是一次作文比赛，除了作文，一切皆是我的弱项。当我得知他会参加作文比赛时我对班主任说，我也要去。那是我唯一的一次勇敢。

他优秀到让老师都侧目，一个得过奥林匹克竞赛奖的男生，没想到作文也会写得那样光彩夺目。我看到我们的名字很近地排在一起，像两朵花。

多人在谈论着他，这次，说的是他的绯闻，他的早恋。

我知道那个女生，留着海藻一样的头发的女生，过于丰满而成熟的胸，会唱歌，唱林忆莲的歌，唱韩宝仪的歌。

每天下午五点半，学校的广播室就会有人在那里主持。我为他点了一首，但是，我没有署上我的名字。

我点的歌十分伤感，是齐秦的《花祭》：你是不是愿意留下来陪我，你是不是春天一过就要走开。坐在开满合欢的树下，我流着泪听完那首歌，那是我唱给他的歌——尽管没人知道。

我再打电话给他。他说，喂，哪位？声音依旧有磁性的，那时他十八岁了，个子是年级中最高的，苍白的脸上有散漫的微笑。

不可遏制地，我哭了。一直哭，一直哭。

他说，是你吗？你打过电话来，我记得上次的喘息声。还有，你的声音有一种哽咽，为什么会那么难过？我们认识吗？你是谁？

　　他一直问着，我一直哭着。我是谁？我是那个穿着旧的棉布裙子梳着童花头的女孩子啊，那个内向到不敢看你一眼的女孩子啊。

　　那是第二次，我打电话给他，也是高中毕业之前的最后一次。之后，我去了大连，而他却去了上海，都是海边的城市，却从此天遥地远，他从来不知道有这样的一个女孩子，为了离开他，曾经那样绝望过。

　　之后，我开始了大学的恋爱，所交的男友，全是眼神黯淡、高高个子、苍白皮肤的人，终于明白，我的初恋，早已开始于那场暗恋，也结束于那场暗恋。在那场一个人的爱情战争中，我早就溃不成军，后来的爱情不过是纸上谈兵。

　　所以，我的恋爱分手都那么快，一场又一场，如烟花散去，什么都没有留下，除了让我更加懂得应付爱情。

　　暑假的时候，我回到故乡的城市，参加同学聚会，只为了遇到他。

　　果然遇到了，只不过不是他一个人。他带着女朋友来过暑假，大家一直开着他们的玩笑，他一直喜欢那种明艳漂亮的女人。

　　我们只说了一句话，我说，你好。他点了头，亦说，你好。然后，擦肩而过。我站在阳台上，对着外面的万家灯火，簌簌地落泪。

毕业后我可以留在大连，但为了他，我去了上海。

通过各种渠道，我要到了他的 QQ，夜晚时候，我会一直开着，一直开着，等着他来。好友列表里，只有他一个人。他在 QQ 里一直说着自己，从来没问过我是谁。我是谁？这重要吗？

记得在他快结婚的时候，他说，曾经有一次，一个女孩子把电话打到他家里，一直不说话，就听他在那里嚷，是谁？是谁？那样的时刻，是他心酸而幸福的时刻。

他问：你有过那样的时刻吗？那句话，像一支利箭击中了我。眼泪一串串地落到键盘上，我打了三个字：没有过。然后就像那朵野莲花一样，从 QQ 里消失了。

我知道，我的季节该结束了。（雪小禅）

那　年　的　雨

感谢这个暑假，让我们知道，一直喜欢的人恰巧也在喜欢着自己。

　　十六岁的时候喜欢过一个男孩子，他在我的前排坐着。很奇怪的是，这样的前后桌维持了一个学期，我们始终未曾说过一句话。

　　我喜欢他，这个秘密连我最好的朋友都不知道。

　　暑假在盛夏的知了声中轰鸣而至，那个夏天的雨水格外多，整个暑假都湿漉漉地带着一股子因长久不见日光而发霉的气味。我去学校传达室查找同学寄来的一封信，却在准备回家时遭遇一场暴雨，无奈只好与传达室百无聊赖的阿姨东拉西扯地聊着这可恶的天气。

　　他突然就跳了进来，浑身湿漉漉，一边抹着脸上的雨水，一边问阿姨有没有他的快递。我的自在从容瞬间被扭捏不安取代，尽管他始终未曾把目光移到我身上，我依然被窘迫的藤蔓缠绕得似乎要窒息。我开始懊恼自己穿了一双十分老土俗气的红拖鞋，开始懊恼自己没把邋遢的头发梳成马尾。

外面的雨依旧倾盆而下，我在传达室不足二十平方米的小空间里，心像低到尘埃里的花，一朵一朵地破土而出。

他没有找到自己的快递，立在门口张望外头的雨势，看样子又要冲进雨里。我望着他的背影，那些扭捏不安又奇怪地变成了漫天而来的失落。

就在这种失落像雾霭一样爬上眼睛的时候，他突然转身看着我，说出了我们之间的第一句话：和我一起走吧，这雨，你是等不停了。我就真的和他一起跑了出去！原来雨水一点都不凉，天空也没有那么阴沉。他帮我拎着鞋子，我光脚蹚过淹没路面的积水，雨逐渐小了，只剩下清凉。没有太多的对话，只简单说了彼此暑假的安排。他没有提出要送我回家，我一直想问的话，也终究没有说出口。

那个暑假对记忆里的我来说是天荒地老的漫长，我为我和他之间关系的转变而兴奋不已。盼望每一个明天快来到，早早见到他，早早说你好。想念的味道，像酸涩的柠檬草，没有哪一个假期过得像十六岁那年的暑假一样，既幸福又忧伤。

就在我对漫长的暑假开始觉得烦躁不安的时候，竟然接到了他打来的电话。他在我的诧异声中，长久沉默，而我的话匣子就像尘封太久终于被人打开了一样，带着迫不及待的欢欣对他讲暑假里那些漫长到让人发愁的日子。

他听得笑了起来，半天才止住笑声问我为什么一直不愿和他说话。我在心里清清脆脆地答：因为喜欢你。嘴巴却说，因为你也一直没有对我说过话。

他说是打听了很多同学才得知我家的电话，他说给我寄了一本绿茶香味的笔记本，他说他已经随家人搬迁去另外一个大城市……

他说了很多，但我的听力似乎突然下降，耳朵轰鸣，听不清言语。

暑假将尽，我收到了他的包裹。一张照片从笔记本里滑落，我惊讶于照片里的是自己，托着腮正在看窗外，而他的课桌与我呈现在照片上，竟有着那样近的距离。他在照片背后写：感谢这个暑假，让我们知道，一直喜欢的人恰巧也在喜欢着自己。

　　院子里的桐树叶哗啦啦地落，像一场无疾而终的暗恋。雨在我的心里汹涌而下，泛滥成灾，知了随发霉的夏天一起销声匿迹，路灯亮了，过往的风凉了，暑假结束了，大雁已南飞。（雨欣）

暗 恋 版 本

痘痘的疤痕可以去掉，而我们年少纯美的时光，却再不会回来。

　　那一年我十六岁，是个内敛羞涩的女孩。我是在冒出第一颗痘痘的时候，突然哀伤地意识到，自己对榭的爱恋，已如藤蔓一样，在心底疯狂地铺陈开来，它将一整颗敏感脆弱的心，牢牢地包裹住。

　　我只能在上课的时候，看着榭清瘦的脊背，红着脸发一会儿呆。而他则很少和我说话，回身交作业的时候，也是沉默的。他总是很快地将作业本放在我的面前，便转回身去，做自己的事。我总能准确地算出他要回身的时间，而后迅速地将头低下去，听见他的呼吸远了，这才敢抬头去看他的作业本是否像往昔一样，安静地躺在我的面前。

　　但还是有一次，抬得早了，他的视线，恰好落在我的脸上。两个人尴尬地静默了片刻，他突然红着脸小声说道："我表姐用的祛痘膏，很见效，你也可以试试。"我关注爱恋着他的所有，而他只记住了我脸上的痘痘。而我，曾是多么执着地，想要让他忽略掉与痘痘有关的一切东西。

　　但我还是以一声冰冷的"谢谢"维护住了自己的骄傲与尊严。只是此后，我的视线，再没有在榭的身上停留过。曾经那么炽热的暗恋，就这样，因为一句话，因为我的自尊，戛然而止。

　　几年后，我读了大学，脸上的痘痘，渐渐少了；年少时的那份自卑，亦因此慢慢消逝。已经将榭快要忘记的时候，某一天在一本杂志上，看到他的文章，说，读书的时候，曾经喜欢过一个女孩，甚至因此连她脸上的痘痘都觉得美，后来有一次，在交作业的时候，不知道说什么好，开口便说出一句后悔一生的话。

　　其实，他只是期盼着她说想要，而后将早已买好的一瓶送给她。即便是她拒绝，他也会告诉她，其实那些痘痘，是如此的可爱。但是，她却那么执拗地，将对他的误解，坚持到毕业。

　　故事的另一个版本，竟然是这样的。我暗恋了那么久的榭，原来也一直在偷偷喜欢着我。只是，痘痘的疤痕可以去掉，而我们年少纯美的时光，却再不会回来。

　　但，还好，那段在心底潜滋暗长的自卑，在一日日成长里，终于像痘痘一样，在平和冲淡的心境里，温情地在我们记忆里停驻，再不前行。（安宁）

你 住 在 我 心 上

第一眼看见他，情窦初开的她就钟情于他。
从此，再美的风景在她眼里都只不过是过眼烟云。

　　他们相识在秋高气爽天高云淡的九月。那一年他十八岁，她十七岁。

　　高中生活有酸有甜，有苦有乐。第一眼看见他，情窦初开的她就钟情于他。从此，再美的风景在她眼里都只不过是过眼烟云。

　　他是一个沉稳内敛、温柔体贴的男孩，每次听到室友这样讨论他时，她心里都会隐隐作痛。那是她所喜欢的他，是属于她一个人的，她们怎么可以这样肆无忌惮眉飞色舞地评点她钟爱的他呢？

　　然，她这些少女心事无人知晓，就像盛开在山谷里的野百合。

　　他的成绩在班上名列前茅，又是老师眼里的佼佼者，同学心目中的白马王子。然，她喜欢的不是他的成绩，也非他的英俊帅气，而是他深思时的那份忘我状态。母亲曾告诉她，忘我的男人是责任心很强的男人。

　　为了接近他，她开始接近他的朋友。为了可解他更多的信息，她偷看班主任的学生档案，甚至还偷偷地跟踪过他。这些于他而言，仿佛是一个神话。

　　为了引起他的注意，她开始由一个稳定因子蜕变成一个活跃分子。她参加各种社团活动和各类知识竞赛，并如愿以偿地取得了惊人的成绩。

　　她喜欢文学，当心中的情怀无人倾听无人分享时，她便诉诸文字。高二那年，她的文章屡次在杂志上得到发表。当丰厚的稿酬飘然而至时，她买了电影票请全班同学去看电影。她轻轻地将电影票放在他的桌上，而他却在看一本很枯燥的《生物进化论》，对她的一举一动视而不见。

　　随着高三升学压力的增大，他们之间的交流屈指可数。有时候甚至近乎最熟悉的陌生人，即使天天坐在同一间教室聆听老师的教诲，但他们也只是擦肩而过。

　　高三最后一个月的时间里，班上流行写同学录。当她战战兢兢地将同学录交到他手中时，他只是匆匆而就地写上一个大大的"您"字。

　　高中毕业后，他们之间失去联系，从此再也没有见过。

　　辗转多年以后，她结婚生子。

　　一天，她六岁的儿子翻出她的同学录，并好奇地指着他当年留在同学录上的那个"您"字，问她"妈妈，这是个什么字啊?"她告诉儿子："这是一个'您'字，读作 nín。"她六岁的儿子兴奋地说道："妈妈，我知道了，这个字的意思就是心上有个你。"那一刻，她幡然醒悟。

　　原来，自己并不是被他遗忘的角落，而是他心中珍藏的主角。

（佚名）

最 短 情 书

这一辈子，我看过你的很多样子，但那些在我看来你最美好的样子，都不是因为我。

兜兜转转，这一辈子，我只能给你一封最短的情书。

只有两个字，那便是：你好。

我喜欢上你的那些日子，并没有很特别。一样有雨天、阴天、晴天。风一样轻，云一点淡，蒲公英一样的飘摇，树叶一样的摇曳，蝴蝶一样的飞。

而我，一样，一天天地走过那条小路；一样，一天天听那首歌；一样，一天天看那本未完的书。

我看过你，青春洋溢笑着奔跑的样子。我看过你，羞涩浅笑抿嘴说话的样子。我看过你，泪流满面默默哭着的样子。

　　这一辈子，我看过你的很多样子，但那些在我看来你最美好的样子，都不是因为我。

　　你说，你这辈子就只会爱一个人。那么，我何其不幸，不能成为那个人，你爱的那个人。那么，被你爱的那个人又何其幸运。他抢走了全部，这辈子我在你面前的，所有的幸运。

　　我看着你们拥抱，那天天气很好。我看着你们争吵，那天乌云密布。我看着你们分开，那天天气阴霾。我看着你们和好，那天阳光灿烂。我看着你们亲吻，那天大雨倾盆。

　　那些最美好的日子。我看着你们，竟也忘了看看自己的样子，是不是憔悴不堪，是不是眉头紧锁，是不是胡子满腮，是不是热泪盈眶。

　　在你坚定的眼神里，我连思念你都是罪过。在你幸福的笑容里，我连默默地喜欢你都是过错。他们说，喜欢一个人没有错。可是，我知道，我错了。对一个不喜欢自己的人产生了执念，我错了。当喜欢，变成了执念，那么就错了，错得离谱。

　　我认错了。对自己，我承认了自己的错误，我想要改正的，可是很难。我没办法，不看你，没办法让那颗跳动的心不为你悸动。痛并快乐着，就是这样吧！

我已经分不清楚是快乐多点，还是痛多点。

你的婚礼，我也去了。

穿着我觉得最好看的黑色晚礼服，还有那条我觉得最正式的领带，我一直舍不得穿的皮鞋。

我站在众多的宾客之间，远远地看着你，站在你爱的那个人面前，笑得灿烂。我只看见你，白色的婚纱，美丽的妆容，还有，还有轻轻挽着那个人的双手。

那一刻，我突然平静了。就像是，悬在半空中的身体，终于在这天缓缓落地了。可是，我想哭。我喝着香槟想哭。我看着他们热闹想哭。我吃着丰富的婚宴餐想哭。我看着你想哭。我看着你们想哭。可是我却一直在笑。看着你们笑，无声地笑，大大地咧着嘴角，眯着眼睛，笑，拼命地笑。

然后眼泪出来了，我说，沙子进眼睛了。明明是一望无际的绿草坪，沙子从哪来的，我也不知道，也不想知道。

笑着哭，好疼。

　　我要走了。去一个离你很远的地方。可是我好舍不得，那个让我遇见你的地方。终究无法携你的手终老，终究无法说，对你说，我的所有心情。

　　我给你写了情书，就放在你家门口那个信箱里。我写了一个晚上。如果有一天，你看着那封情书，请不要讶异，请不要疑惑。那是我用尽了这辈子全部的力气，才写下的两个字：你好。

　　你好。

　　这是我想认识你的最开始。

　　你好。

　　这是我想祝福你的结束。

　　你好。

　　希望你好。

　　这是我，这辈子，给你的最短情书。（尔曦）

曾 有 一 个 人 ， 你 爱 如 生 命

多年以后回头，你会感谢当时那个奋不顾身的自己，
虽然那时候的你，会觉得自己傻里傻气，
可是人生不就是这样，青春也不就是这样，不求回报，不问前程。

　　第一次听到"曾有一个人，爱你如生命"的时候，莫名其妙地觉
得丝毫不感动。许是因为一直以来都觉得，无法判断别人对自己的感
情是否真的如此深厚，也因此不敢妄言，怕是唐突了对方，更是怕自
己尴尬。大概是人都有小小的自卑心，所以宁肯做扑火的飞蛾，也怕
把自己误以为是那团火。

　　因此，我要说的这个故事，叫"曾有一个人，你爱如生命"。
　　其实这是一个很普通的故事，就像是我们所见过的许许多多的暗
恋的故事一样。

　　Z 是高二分班的时候喜欢上那个会跳舞也会画画的男生的，他的名字里面有个字母 T，就叫他 T 吧。其实暗恋的开始往往很简单，高中时候的暗恋尤其是，不需要任何冠冕堂皇的理由，只要一个瞬间，就会喜欢你。例如某天你恰好穿了我喜欢的衬衫，而又回头冲我笑得很温暖。例如每天放学后你还留在教室做作业，低垂着头冥思苦想。

　　而 Z 喜欢 T 的原因，只是因为某天中午她吃完午饭去别班找同学聊天的时候路过自己的教室后门，看到 T 正挽起袖子画黑板报，中午的阳光打在他的脸上，他认真的样子有些好看。仅此而已。

　　自从喜欢上了 T，Z 便找一切机会去接近他。机缘巧合，她发现 T 每周都回去学校的地下教室里练舞蹈，地下教室的角落里有一架钢琴，而 Z 恰好学了多年的钢琴。"我可以去练琴吗?"，Z 鼓足勇气地问 T。"可以啊。"T 说。此后的每周，Z 就拿着琴谱跟着 T，一前一后地去教室里，她弹琴，他练舞，也不说话。他似乎并不知道，Z 每周都带着不同的琴谱，却弹着的都是同一首《爱的旋律》，他也不知道，每次她在弹琴的间隙，都偷眼借着漆面的琴盖，看着镜子里他跳舞的样子。

　　高二那年的元旦会演，Z 和 T 被老师分到一起去排节目，两个人的交流渐渐多了起来，却也是仅限于所谓的公事，私底下并没有什么话。节目很成功，而结束之后，两个人又回归到了沉默的状态。

　　高二下开学不久，老师把 T 的座位换到了 Z 的前面，两个人也渐渐熟悉了起来。"当初感动我的不是柯景腾在沈佳宜的婚礼上，而是沈佳宜拿笔戳着柯景腾的场景。" Z 后来这么告诉我说。大概那个时候，她想到的也是曾经让她执着看过的背影。

　　每个人心里都有一个别人无法取代的故事，也有一个别人没有办法描摹的场景，所以你永远都不知道，为什么有的人会莫名其妙地吃着冰激凌就流下泪来，别人也不会知道，你为什么从此以后，都不再去看某一部电影。

　　高二结束的时候，Z 决定出国，于是离开了学校，在家里复习考试，那时候的她，反而和 T 的联系渐渐多了起来。但是也仅限于普通的互相问候，虽然有人起哄过 Z 和 T，但是却没有延续下去。Z 拿到学校 offer 的时候，第一个告诉的就是 T。两个人就这么不咸不淡地维持着联系，直到高考，T 发挥出色，考上了某所著名的院校。考试结束后的一天，T 突然在 QQ 上对 Z 说："我们出来散步吧?""嗯，好!" Z 很欢快地答应了。

　　走在学校附近的湖边的时候，两个人聊着未来，说起 Z 要去的那个学校，也说起 T 考上的那个大学。突然有些沉默，Z 想说什么，却也最终没有说。

在 Z 要出国之前，她在家里做了一桌子的菜，请了几个同学，T 也来了。大家玩得很疯，真心话大冒险的时候，有人开玩笑问 T，说如果在我们班的女生里挑一个，你会挑谁啊？Z 抬起头，眼睛亮亮地看着 T，他却打着哈哈混了过去。Z 的眼光又瞬间黯淡了下去。"他刚才小声说了你的名字呢。"在散场之前，有一个与 T 相熟的男生，在 Z 的耳边说道。那天晚上，Z 一个晚上都没有睡着。

临出国的前一天，Z 约了 T 见面，她送了一本写了很久的本子给 T，上面是她找来的一些句子，每一句的头一个字母连起来是一句话："I pray for the day to come that you suddenly come to realize I used to love you so strongly so deeply and soreal." 两个人说了一会儿话，在她转身打算离开的时候，T 叫住了她，"喂，这个给你，提前祝你生日快乐，也希望你在那里平安。"T 从脖子上拿下来一块玉，递给了 Z。这块玉并不贵，却陪伴了 T 许多年，Z 攥着玉往家里走，一边走一边流眼泪。她也说不清自己为什么那么想哭，但是眼泪就止不住地掉了下来。

大一的时候，Z 在美国，她意外在网上看到 T 的学校举办了一个类似于送礼的活动，于是她也就兴冲冲地去了，她送的东西很简单，却花了她很多心思。

"你知道 NASA 有个项目，花十美元可以买一颗星星吗?" Z 说这个故事的时候问我。我点点头。

"我就送了一颗星星给他，星星的编号是他的生日。" Z 说。

她把资料全部寄给了活动的主办方，拜托对方打印出来交到了 T 的手里。

"好奇怪，今天突然有人来敲我的寝室门，说有人送了东西给我。" T 晚上在 QQ 上对 Z 说。"不是你送的吧?" T 发了一个坏笑的表情。

"不是我，你少臭美。" Z 假装毫不知情。

大一下学期的时候，他们的关系还是没有任何的进展，Z 的暗示，T 始终无动于衷。两个人的关系也仅限于平时聊天，像好朋友那样。有一天聊天的时候，"如果你在美国有喜欢的人了，要和人家好好在一起。"看到电脑屏幕上跳出的这句话，Z 突然哭得不能自己。那些所有幼稚却真挚的感情，如果收获的只是一个"与我无关"的祝福，那么付出的意义，像是你拼命微笑讨好，却被狠狠打了一个巴掌。

Z 下定决心，把这些年写的所有关于 T 的东西都整理出来，打了一个包，用一个陌生的邮箱发给了他。那些故事的结尾，Z 写道：
"喜欢了你那么多年，现在我不喜欢你了。"没有人体会过她这些年的
纠结，这世上任何一场暗恋，都是辛苦异常，也都是凶险万分，花了
那么多的时间，可是伤害的只有自己。

"我不是不喜欢你。"手机屏幕亮了，是 T 发来的微信，"我只
是想要用时间来确定，我对一个人的感情。"

后来的故事，用六个字就可以说完：他们在一起了。
再后来的故事，只要用五个字可以说完：他们分开了。

这场长达两年的暗恋，用五个月的时间就宣告了彻底的终结。争
吵与纠结，还是走向了结局，再多的眼泪也挽回不了这一份感情，也
许从一开始，Z 就知道这场感情没有结果，她和 T 的性格并不合适，
他们的追求也并不相同。

但是有些东西，你不去试一试，你不会死心。有些人，你不去爱
一次，你也对不起自己。喜欢这种事，从来都是盲目的，盲目地去付
出，盲目地受伤，盲目地分开，最后才能知道自己想要的究竟是
什么。

Z 在这场感情里为了 T 所做的，我的故事只写了不及十分之一。

剩下的这些，我希望的是，是你们自己的明白。Z花了整整两天，才说完了这个故事的梗概。其中的泪水和悲伤，以及其中的感悟和顿挫，不曾经历，亦不足以谈这些难过。我宽慰她，有些事情，早些经历，总比晚经历要好。

她发来一个微笑的表情给我，告诉我她现在很好。聊天的结束，她给我看了他们分手之后，T写的一篇日志，其中有一句印象很深："我一直觉得，我不再来找你，我便以为你没有离开我。"

而她还是离开了。
可是她曾爱过你，比任何人都爱你。

前几天一个同学被一个女孩告白，有天晚上我们睡不着，就在QQ上聊天，"你觉得那个姑娘怎么样？"我问朋友。
"还行吧，我不会再做以前那种傻事了，后来的事情，如果有机会，那就交给时间好了。"他说。

同学曾经很喜欢一个女孩，在寒冷的冬夜站在女孩家的楼下，就是为了送她一份生日礼物，对她说一句生日快乐。而那时候，他们已经分手了。直到现在，女孩拜托他什么事，他还是义无反顾地去帮忙。可是与他相识多年，才知道曾经的他并不是那样的人，或者说对别的前女友，他也不是这样的人。

很多时候，我们觉得一个人在感情里冷淡，大概是因为对方不足以点燃他的热情。而越是这样的人，却越容易在某个人身上陷得很深。

记得那时候他们分手以后，女生被一个外校的人恶意抹黑，同学为了这件事直接找上了那个人，那个人不服气，一副有种你打我的架势。后来真的要动手了，那个人却怂了，脚底抹油。后来他告诉了我们这件事，口气云淡风轻，像是谈论天气。可是我们都知道，很多事，也不必说，自然都懂。

曾经春风十里，亦不如你。

之前听 W 小姐说过，她和谈了十年的 Y 先生分分合合，甚至为了对方家里的不同意闹到自残。两个人走过那么多轰轰烈烈，最后还是分开了。他们曾经为了对方抛弃过当时自己的男女朋友而在一起，发生过无数的故事，此生难磨灭。

松开手指的那一刹那，心里的感觉并不是缺了一块，而更像是被人拿去，打碎了，又胡乱拼凑在了一起。

之前也见过一个小孩，为了一段感情疯狂和犯傻，为了一个人哭一个人笑，为了一个人跑到远方，回来的时候却带着一身的伤。我曾经问她值得不值得，她告诉我，趁还能折腾的时候，拼命折腾吧。

后来的一天，她哭着坐了一个小时的车跑来找我，告诉我说：我不想折腾了。我无语摸着她的头，告诉她，乖，那我们就不折腾了。

很久之前，我一直觉得哈利·波特里的那句"珍宝在何处，心也在何处"是一句误译，而"心在何处，珍宝也在何处"才是正确。听了很多故事之后，我才发现，那句话并没有写错。

哈利·波特是一个关于爱的故事，而我们的人生，终究也是写满爱的人生。那些珍宝，是你视如珍宝的人，让你痛苦难受，也让你如沐阳光。

每个人都有故事，每个人都不伟大。受伤不值得炫耀，也不值得自怜，这不过是人生里的一个过程，受伤，包扎，痊愈。下一次，再遇到一把刀子，你就不会再傻傻用自己的手指试一次刀口是否锋利。

"有些人闯进你的生命里，只为了给你上一堂课然后离开。"这句话并没有错。

爱过一个人，然后分开，疯过一段时间，然后醒悟。有些东西，没有经历过并不会明白，有些情绪，没有折腾过自己，也并不会知道自己想要的究竟是怎样的人，自己适合的，又到底是怎么样的感情。人生总是在不停地长大，含着沙砾，最后成为珍珠。

多年以后回头，你会感谢当时那个奋不顾身的自己，虽然那时候的你，会觉得自己傻里傻气，可是人生不就是这样，青春也不就是这样，不求回报，不问前程。

用一段时光，换一次懂得。

曾有一个人，你用尽所有痴狂，爱他一如生命。

愿有一个人，让你收起铅华，用心陪他走过光阴。（渡渡）

我 把 青 春 锁 在 暗 恋 里

不管我是否爱你，都必须承认，你是我生活中一枚不能磨灭的标志。

　　我把豆蔻的青春锁在了暗恋里，当年那个青涩的少年，也许，时至今日，你都还不知道，给人希望，却最后决绝地对对方说不在乎，其实是最伤害人的方式。

　　像以往一样，我在街道上踽踽独行，对面的你缓缓朝我走来，我的不经意一瞥，对上你那清澈的双眸，就这样彼此对视了几秒后擦肩而过……

　　至此，我的印象里有了个俊朗的身影，犹如昙花一现的幻影，挥之不去。

　　两年的同窗，不长不短。未曾深入交流，未曾相视而笑，未曾谈笑自若。

　　我只是，试图读懂你的眼神，有点羞涩，有点孤傲，甚至还有些轻蔑。可是，我始终寻不到你正对我时是哪种……

　　殚精竭虑，寻不到答案，于是，我只能掩藏住这份少女情怀的情愫。

　　分道扬镳后，本以为蓦然转身后如此是再见，不料你亲自寒暄着和我打招呼，我以为如此是开始。尚预料，那只是离别前最奢侈的慰问。倘若时光再来过，我宁愿干脆地说再见。你的无心之举只会让我在今时今日还难以忘怀。

　　在浅淡的时光里，我一个人驻足在那段流年里，没有痛苦，有的只是不甘。这样的日子，太久太久。只是因为在人群中多看了你一眼，从此我一人停留。

　　似乎习惯了想念你的日子，这份旖旎的感觉虽然能弥补了内心深处的空虚，但始终填不满我对恋爱的念想。于是，我鼓起勇气，发信息给你。

　　起初，你很诧异对方是我，向我问长问短。我以为我再度有了希望，你的寒暄甚至让我有些受宠若惊。谁知，这又是再见前的前奏，在我开始希冀未来的时光有你相伴时，你却只留下一句"我已经不再在乎你"。心也许在那一刻彻底懵了傻了。既然如此，何必每次给我希望，让我心生觊觎呢。你可能不知道，你已经把我最后的一丝尊严都践踏了。

　　或许于你来说，我对你的那份纯真的爱慕你根本不屑，还是你当真无知到无须给别人台阶下，这只是无心之举？

　　这次，是真的说再见。有些人，冥冥之中注定是得不到的。既然这样，再执着也于事无补。

　　那个曾让我悸动的少年，曾让我深深地喜欢着的青涩的你，我不后悔我把青春停驻在你面前。但我也不会再祝福你。人有时是很自私，你让我再何来的大度为你倾尽祝福。

　　遗忘，真的是一件很难的事，特别是忘却一个人。有些疼虽然不能痊愈，但起码最后都会康复，一切，留给时间，它会证明。（李敏杰）

那 栀 子 花 般 纯 白 的 过 往

此后的很多年，关于她的记忆，一直都被我安放在心底最柔软的地方。

　　我在风清月白的十七岁遇见了云曦，她是初三那年转学来我们班的。

　　当老师领着像芭比娃娃一样漂亮、可爱的云曦走进教室时，全班同学都惊呆了，嘴里不由自主地发出赞叹的声音，原来世界上真的有这么娇俏、动人的女孩。云曦白净、柔美的脸上，顿时飞满了娇羞的红晕，我的心更是在那一刻如同被闪电击中，顷刻间生出了异样来。

　　在老师的鼓励下，云曦怯怯地介绍了自己。原来她随转业回来的父母，从一个坐落在大山中的科研基地来到我们这座城市。听到云曦此后要在这里生活，我有一种说不出的开心。我以为这就意味着，她和我会在这片土地上长此相伴下去。胡思乱想间，看见云曦径直向我走来，我的心激动得有些不知所措。我误以为老师趁我失神的工夫，把云曦安排在我旁边了。可是最终，她在我的前排停了下来，我突然有了一种如释重负的轻松。

自此，美丽的女孩云曦，便成为我眼前一片最亮丽、养眼的风景。

因为不是很用心，我的学习成绩在班里顶多处于中上等水平。说心里话，我讨厌那些干巴巴的公式和需要反复死记硬背的所谓知识点。除了上语文课不怎么溜号以外，上其他课时我都偷偷看武侠小说。我尤其喜欢金庸和古龙的作品，沉浸在那些侠士仗剑天涯、除暴安良的江湖快意里，我无比开心。我甚至恨自己生错了时代，不然，我定然也是一个武功盖世、桀骜不驯、侠骨柔肠的绿林好汉。

可是，云曦的到来完全打破了我的生活规律。此时的我不仅无法专心听讲，甚至连看武侠小说也不能专心地投入了。因为云曦的身影就在我的眼前，像一朵纯净、清甜的栀子花兀自摇曳着，让我的视线无法抗拒。她的背影如同一弯纤瘦的月牙儿，有点孤单，更有点浪漫。她一头乌黑发亮的长发随意地束成马尾垂在背上，像绸缎一样闪着光，那是只有青春季的女孩才会有的头发。我被她头发上飘散出来的淡淡的薄荷香味围绕。

　　因为来自小县城，云曦的学习基础没我们好，有点跟不上我们授课的进度，所以她经常会转过身来，问我一些不懂的问题。原本我也只是一知半解，可是为了不在云曦面前丢面子，我便临阵磨枪。我开始专心地听每一节课，并且认真地做笔记，然后把它借给云曦。感受着云曦对我欣赏而崇拜的眼神，我的心简直像浅醉时那般惬意。为了尽快帮助云曦提高成绩，我更加发奋读书。那个学期的期末考试，我和云曦都奇迹般考进了年级前十名。

　　我知道，云曦的家离我住的小区并不远。因为我曾悄悄地跟在她的身后，探寻过她住的地方。我甚至清楚地知道，她住在三楼靠左的那个房间里，窗帘上有大朵大朵淡粉色的百合花，窗台上养着一盆纯白的栀子花和一盆艳紫的蝴蝶兰。

　　有时候，我能看见云曦在窗前站立一会儿，吃一个苹果或者喝一杯牛奶。不过大部分时间，她都坐在书桌前学习。我只能看到她头顶上的一点点黑发，可我依然乐此不疲，一有时间我就去云曦家附近张望，期待某一天与她邂逅。可是很遗憾，云曦很少出门，即便要出去也会有爸爸妈妈陪着。我最终也没有能够找到机会，实现在学校以外的地方跟她好好说说话的愿望。

　　尽管不舍，这一年的时间还是过得特别快。快要中考了，我们每个人都像一只高速旋转的陀螺，投入到紧张的复习备考中。

　　临考试前两个月，云曦对我的依赖明显减少了。原来她妈妈给她请了一个外语学院在读的大学生做家教，这使得她的成绩突飞猛进。在那些没完没了的模拟考试中，有几次她的成绩已经超过了我，根本不需要再问我什么问题了。这让我万分失落，恍然觉得云曦就像一片飘动的白云，在我眼前悠悠地越飘越远了。

　　最后一次见到云曦，是在我们去学校取成绩单的时候。

　　我听见云曦告诉老师，她要出国读书了，在那个家庭教师的帮助下，她顺利地申请到英国一所学校的全额奖学金。而且她的姑姑多年前就去英国发展了，如今事业风生水起却没有孩子，所以希望她过去读书，顺便陪伴远离家乡的她，以解其思乡之苦。不久，云曦就要动身去英国先熟悉环境、进语言学校学习了。那一刻，我的心简直就像猛然间掉进了冰湖里。在大家纷纷与云曦合影留念的时候，我逃也似的离开了学校。

　　云曦就这样消失在我的世界里。此后的很多年，关于她的记忆，一直都被我安放在心底最柔软的地方。

　　十七岁那年，那些栀子花般纯白的过往，是关于青春最浪漫、最唯美的画面，我将永远珍藏。（佚名）

有 些 爱 ， 纯 真 如 水

悸动的心承载不了没有结局的情。
男孩和女孩深知，他们只是彼此生命中的过客，
但是，那份纯真的感情却足以弥留彼此的一生。

生命中总有些感情是纯真如水，清澈如泉，于不经意间灌注了我
们的人生……

那是一个颇为纯真的年代，女孩和男孩同班、同桌。因为年少，
所以羞涩，平时里，懵懂少年的稚气笑靥，溢满青春的味道。

课间的玩耍，男孩子们会从这所谓的学校里的楼梯上一个接一个
跑上去，然后紧抱着大柱子滑下来。这是男孩子吸引女孩子们目光的
最好办法。那台手摇式的电话，也成了男孩们勇气的凭借物。如果
谁敢拿起电话，摇几摇，一般会被认为是很勇敢的人。更不用说，对

着电话里的接线员说两句稚气的话。

相对于男孩们的大大咧咧，女孩们就文静很多，都是一小拨一小拨地私下里说着小话，用可爱的玩具代替了空余的时光。

男孩总是非常关注那个留着小蘑菇头的女孩，只要她在，男孩都会表现得很勇敢，而女孩也总是静静地在一角看着这些，像一株远离尘世的水仙，孤高而落寞。

男孩没有向女孩说过一句话，女孩也一直静静地在自己的世界里孤独起舞。

每天下午放学，女孩都比较晚回家，因为她习惯把当天的作业先做完；男孩也会走得比较晚，因为他喜欢放学后继续玩。

弯弯曲曲的小路上，女孩在前面静静地走着，男孩在后面远远地跟着。田间小道里，暮归的夕阳把他们的影子拉得老长老长。男孩的脚步总会踩在女孩的背影上。

有一天，男孩当选了学校的歌唱指挥员。站在升旗台上，男孩非常高兴，在台下几百人的目光中，此刻他成了耀眼的明星。但男孩的目光一直在搜索着女孩的身影，终于在队伍的中间，他看到了女孩。

那一刻，在指挥演唱的国歌中，他格外卖力。

　　时光荏苒，男孩沉默了四年，女孩也静静守候了四年。男孩一直在心里盘算着，可是，计划还没实施，女孩就要转学了。

　　女孩依旧静静地走在前面，少儿时的蘑菇头已变成了可爱的小马尾。在男孩的眼里，那是多么好看，他多么想轻轻地触摸那扎起的小马尾，似乎那就是他最纯真的愿望。

　　女孩低着头，眼里充盈着忧伤，在夕阳的余晖里闪闪发亮。男孩还是一步步踩在女孩长长的背影下，斜晖洒下的影子把他们串连在了一起。

　　时间就这样慢慢地流逝，男孩在自己的世界里静静地数着落叶；女孩躲在窗帘后看着尘熙。高考前夕，男孩收到了女孩的一封信，里面有一张贺卡，字迹清秀：心底珍藏着一份爱恋，在目光的雕琢下，凋零若诗词般委婉。笛韵划出的离愁自灵魂深处，缓缓渡来。是的。世界上那么多人，我却偏偏遇见了你。有谁知道，百转千回的日子，有着怎样颠沛的流连与宁静的期盼。爱的长路，要穿过多少黑夜……

　　两个月后，男孩与女孩见面了。他们静静地相对着，彼此都没有说话。良久，男孩说，你的发型又换了，和照片上的不一样。女孩笑了笑回答，是我自己剪的。

录取通知书下来了，男孩上了大学，在这座城市，女孩也上了大学，却在另一座城市。也许是想念，抑或是期盼，男孩在图书馆、课室、饭堂、宿舍四点连线中逐渐地堕落了自己的青春。

男孩和女孩又相约了见面。

在这座属于他们的城市中，静静地走着，还是像以前那样，女孩在前，男孩在后。他们彼此倾诉，诉说着对社会的不满、对生活的向往、对未来的担忧……猛然发现，经过岁月的洗礼，他们已经不再是那时候的懵懂少年。

回望中，彼此都觉得有一丝心酸。男孩轻轻问，我们不是很有缘分吗？女孩仰望着天空，沉默了一会儿，颤泣着说："我们曾经很有缘分，月老也曾经一度为我们把线牵，可是那时我们懵懂交错。这时，岁月已经风干，我们走过的路，已经变得斑驳无痕。"

悸动的心承载不了没有结局的情。男孩和女孩深知，他们只是彼此生命中的过客，但是，那份纯真的感情却足以弥留彼此的一生。

（佚名）

我 还 想 再 暗 恋 你 一 次

时间流失了不少，能穿梭过我的脸庞的恐怕就只有载着你笑容的那段美好时光了。

　　走过的路，不会回头。流过的泪，不再伤心。

　　有些日夜，你的名字会跃然心上，我无法控制自己激烈的心跳。我一直在怀疑，我的心到底会以什么样的节奏继续漂泊流浪？时常会在我的思念上贴上你的名字，作为爱的标签。但你从不在意，只是淡淡地一笑，将我远远地抛弃在菁菁校园里。一个人，独自徘徊在空旷冷清的操场上，曾经心中的枫树变成了梧桐树。

　　我站在树下，落寞的目光透过枝叶的间隙，看到一片残月天搂着素云，向更深邃的天空飘去。我紧追不舍，不愿斜木就这样模糊了我的目光。我还要看，还要看天上是否倒映着你远在天涯的身影。我失望地垂下头，深情地望着梧桐树，它苍老挺拔的枝干平添了几道时间的伤痕，蜕去的树皮以一根牵挂的丝线紧紧地抓住自己曾经的归宿。

　　如今，即将离别，一切都会以其他字符作为新的记忆。它的不舍恰似我孤单的脚步的失落，一步又一步，似乎在等待，但却不知等待谁。

　　是她吗？我不知道，但我能在时间的尽头看见一张模糊的脸，带着几分清纯，不停地碰撞着我的心扉。是什么时候，她的入驻萌动了我纯洁的情愫。不，她只是路过，并没有挽袖轻叩我的心门。她走了，没有为我留下一点回忆。我只能在逼仄的林荫小道上漫着步，释放自己赘余的情怀。道旁的树还是那么雄伟，但却遮住了天空，使我的仰望变得愈加孤独。走到一块石桌前，坐在石墩上，痴痴地展开记忆的画面，希冀能发现你的惬意的璨笑。

　　对于别人，也许你的笑只是一种美，而对于我，却是我最幸福的享受。趴在桌上，任由一丝丝凉意染上我的思念，将几只觅食的蚂蚁逗得喜笑颜开。

　　秋风又起，萧瑟之意敲打着我瘦削的斗志，低落的情绪不断缠绵交错，把我困在一张情网上。当我想振翅飞去时，才发现自己还在茧中喘息。失去了自由，对于一个自由主义者来说是一种耻辱。可为了继续自己的相思苦恋，我折断了自己的翅膀，涂黑了自己的青春。你不需要知道，只要我路过时，你冲我莞尔一笑，便是我在这个季节里的最丰盛的收获。我太脆弱，甚至不如一棵衰草的生命力，我没有勇气再继续奢望，只祈求自己能在这个泛黄的世界里种植出几许思念。

　　黄叶飘舞着，演绎着我没有尽头的伤感。一路上，有人嘲笑，有人围观，他们的淡漠刺痛了我的心扉。不管生活怎样欺骗我，我的生命都必须继续——因为我相信，你还在梧桐树下等我。我是懦弱的，为了爱情，不够勇敢。一味地逃避，缩减了我思念你的距离，却拉长了我想你的夜。

　　坐在你的身边，不敢在原有的间距中放飞自己的爱意。教室里，你认真听课的模样还在我的脑海里浮现。两眼的专注叩开了我向上的心，就在那刻，我把秋波焚烧成闲情，偷偷地将你的样子烙印在记忆里。我知道，有聚必有散，所以我把握此刻，甜滋滋地分享着你的一切。

　　我明白，你的动人的笑容下隐藏着心伤，那是你不曾为人揭露的疤痕。我不敢触及，只用一些碎纸写上几句安慰的话语，祝福你能快乐。但我知道，这样做，于事无补。你需要的是爱，那些错过了你的人给你留下了无尽的伤痛。坚强的你从不曾表露出来，你在试着忘记，试着放下。

座位被调离，但与你相距也不过几尺之远。我熬不过思念的痛苦，将浓郁的心意镌刻在薄薄的白纸上，趁教室空无一人之际，偷偷地塞进你抽屉里。

转眼间，喧闹的校园又恢复了死一般的安静，上课了，老师在讲台上熟练地讲着课，我假意认真听课，却时不时地看你一眼。我的心七上八下，如麻线般乱。一边是紧张，害怕从此连朋友也没得做。随着你的表情变化，我的心愈加忐忑不安。最终，你笑了，然后笑意刹那间失去了我世界里需要的底色。我不停地揣测着，开始后悔在上面写了一些幼稚的只言片语。我不敢以情书来命名那张碎纸片，因为它在我后悔的那刻就丧失了我追求的权利。

从那以后，每一次的相遇都是那么的尴尬，我无力挽回自己的错误。于是，故作冷漠地与你擦肩而过。此后，我义无反顾地踏上了一条陌路，你没有跟上来。这我明白，自始至终都是我一个人在自编自演。

当我还想对你说句情意绵绵的独白时，你已经投入了别人的怀抱，把花前月下的风景都粉刷成了我的哀伤。看着你幸福的样子，我的心底升起一些暖意。只要你快乐，比什么都重要。于是，我试着忘记你，把自己的一厢情愿都解释成梦里无情的花落。

忘记一个人，不仅需要勇气，更需要坚强的心作为爱的后盾。宁愿一个人独自黯然神伤，也不愿看见你泪流满面。祝福也许对于我来说是昂贵的，但就算一字千金，我也要蹒跚着步履把它们驮到你的身前。也许我的情太廉价了，扮演多情客是要付出代价的，因此我丢失了一颗鲜热的心。它在痛，它在按照你的喜怒哀乐跳动。如今时间已过去四年多了，那些岁月从我的手心里溜走，带走了你给我的欢笑。

遇上你，我无怨；恋上你，我无悔。不是缘分在捉弄我，而是爱情的秋天欠缺了一些绿意，从头到脚，我全身枯黄，一如这个世界的肤色。

校园里还是那么静，只有我一个人沉重的呼吸声还在努力地挣扎着，似乎欲摆脱你的束缚。我放慢自己的步伐，穿过乒乓球台，拿出手机，拍下了那棵长在宿舍后的梧桐树。它的高大，已经无关我的风月，我只要把对她的思念和爱植入这棵梧桐树，来年一定会开出许多白净的梧桐花。

此刻，就算秋雨绵绵，我也不敢湿润自己的眼眸——我还要用它们来看你。也许相忘是我对你最沉重的思念，但一次次的尝试，只是让自己的心更加伤痛。

　　时间流失了不少，能穿梭过我的脸庞的恐怕就只有载着你笑容的那段美好时光了。爱深情重，但终究禁不住时间的冲洗。你慢慢地淡出了我的生活，淡出了我的记忆，但我始终无法忘记——在那个菁菁校园里，我羞涩地暗恋着你。

　　如果时光能逆转，即使要剖出我的心，我也要大声地对远在他乡、近在我心底的你说："我还想再暗恋你一次。"（佚名）

卷 三

你一笑，
曾经让我傻半天

原来眼泪真的可以绵绵不绝，而天堂却比
不上你对我的微微一笑。

一 场 完 美 的 初 恋

可是我却是那样庆幸，我喜欢他的时候，他也刚好喜欢我。

而更重要的是，我们都那么勇敢地告诉了对方，我很喜欢你。

　　那时，远远地看到你从我座位旁边经过的时候，我在心底一遍又一遍地默念着你的名字，却也装作一副若无其事的样子做着一道数学题。肯定你走远了，我才发现这道题目我已经在看了好多遍之后还不知所以然，而草稿纸上却只写满了你的名字。

　　只是，彼时，我是在高三。爱情，纯属奢侈品。

　　收到这个叫苏南的男孩的情书是在新学期开学的第一个礼拜，在我还叫不出这个班大部分同学的名字的时候，那张好看的信纸上，你只简短地写着："我喜欢你。"

　　于是，我对你很好奇。我决定要抬头看看你的样子。

让我始料未及的却是，一抬头，我便让你住进了我的心里。

从来不知道一个男孩可以把一件白色的 T 恤穿得这样活色生香，从来不知道原来一个男孩会有这么干净明亮的、仿佛不识人间烟火的样子。于是就那么一眼，我知道我完了。

我坐在教室的前排，是老师同学眼中的好孩子。而那天发试卷的时候，我知道了苏南的座位，是在整个教室最后的那个靠窗的位置。偶尔我一回头会不小心碰上你的眼神，然后两个人都迅速地移开。那么，在那样的时刻，你有没有在想，我是不是也喜欢你?

喜欢看你在篮球场上叱咤风云的样子，可是我永远只会远远地看着，从来不敢像别的女生那样大声地为你加油或者为你递上一瓶水。因为我是蓝心，我不够勇敢。

是在高三的运动会之后吧，不知道是谁拿错了我座位上的椅子。于是，那一堂课我只好和别人挤在一起。中午吃完饭回到教室的时候，竟然意外地发现座位上多了一把一看就知道是从商店里买回来的椅子。我一回头，便看到你旁边的那些人指着你对着我点头。而你还是那副淡然的样子，好像这一切都与你无关，你只是做了一件你应该做的事情，就像吃饭睡觉一样自然而然的事情。

　　那一刻，忽然觉得，为什么喜欢一个人却要那么辛苦地隐藏起来不让他知道呢？更何况他也刚好喜欢你。我想也许一直以来是我不够勇敢。

　　当我放下所有的顾虑，很认真地跟你说"其实我也喜欢你"的时候，我看到你那好看的笑容一点点地从眼角慢慢弥漫开来。后来的后来你跟我说，你不知道那一刻我的世界有多美好。你还跟我说，其实对于这份喜欢，你是多么自卑。因为一直以来，我的光芒太耀眼，而你只是一个坐在后排、老师不会管的成绩不好的差生。你还说"谢谢你，让我觉得其实喜欢，对于任何一个人来说都是平等的"。

　　而我该是多么庆幸自己说出了那份喜欢。因为在高三最后那段艰苦的时光里，那个男孩，他给了我最大的温暖和力量。而他也开始认真地听课，他说即使最终他考不上大学，至少他要让自己记得，曾经他为一个女孩很认真地努力过。

　　高考揭榜的那一天，我看到他在光荣榜前一行行地往下看，然后在一个名字上停留了很久。

　　是的，你要问后来。后来的后来，我们没有在一起，或许大多数的初恋都会有这样的结局。

　　可是我却是那样庆幸，我喜欢他的时候，他也刚好喜欢我。而更重要的是，我们都那么勇敢地告诉了对方，我很喜欢你。

那么，这就该是一场完美的初恋了吧。（猪小浅）

初 心

她那样娇小清瘦，走碎碎的步子，披长长的发，穿白白的裙子，
在校园的林荫道上，像一只粉蝶低低地飞，格外引人注目。
尽管她安静，和所有人都有着海一般的距离。

那时十九岁，穿塑料的白凉鞋和带蓬蓬袖的连衣裙，胆小，腼
腆，从不敢看男同学，至多一眼，然后慌忙逃开。

学校的食堂是简陋的，吃饭是拿着白色的搪瓷饭缸，到台子前排
队。女生只有一支队伍，而男生有四支，因为学校里男生较之于女生
多得严重。每次排队时，邻近的那支男生队伍里，总有一个安静的男
生，和她一道，一寸寸随着队伍往前移。她记得每次到食堂里打饭
时，总看见那个男生站在食堂前的报亭下看报。可当她排队时，一扭
头，他就在她左边排着队了，和她对齐。她打好饭菜，出食堂时，又
发现他已经站在报亭下了。久了，她开始留意起那个人，是很文雅的

一个男生，鼻梁上架着一副眼镜，应该不是同届的新生。

在豺狼一样的男生队伍里，他的安静和儒雅像盛夏院角的茉莉，不抢眼，却叫人暗暗地心喜。

有一次，她放学后逛街，回来得很迟，食堂就快关门了，她拿了饭缸飞一般地奔去。到了食堂门口，看见他在报亭下看报，手后面一个饭缸，她想，他真勤奋，吃过了还在看报。透过报纸边角的橱窗玻璃，她迎面撞见他的目光，像峡谷底下的潭，朦胧而幽深。空荡荡的食堂里，只剩一个穿着白大褂的打饭师傅了，她走过去，打完饭，一扭头，他在她身后排着队。

食堂的师傅夹七夹八地说着什么，似乎是把他们当成了一对早恋的学生，相约着出去疯玩，所以回来迟了。她觉得莫名其妙，他也不向师傅解释，只羞赧地笑笑，右手的食指抵了抵鼻梁上的镜架。那晚，她睡得很浅，她觉得怎么可能那么巧合呢？她想他是在等她的，在报亭下等她。不然，他为什么不早早打饭，偏挨打饭师傅的那一顿训呢？

她那样娇小清瘦，走碎碎的步子，披长长的发，穿白白的裙子，在校园的林荫道上，像一只粉蝶低低地飞，格外引人注目。尽管她安静，和所有人都有着海一般的距离。（许冬林）

七 月 里 的 单 车

这个眼神明亮的少年，你曾经见过。只是，他只记得爱情，不记得你。

　　躲进童话故事，幻想会跳舞的灰姑娘。暮色涂鸦里，眼睛中一弯干净的泉水叮咚，无声地笑。日子仿佛穿透心脏，像一条大河奔腾。多年前的脸颊，很快被爆发的眼泪草丛和云朵劫空，向一节火车装载。

　　于是，西方飘霞的傍晚，思绪竹篮打水。听不清夜莺来自故乡的歌唱，溪水涓涓从鸟喙流出。

　　于是，绵丝如热可可的滋味，充满被时光封闭的角落，一个人，一张小方桌。搅动玻璃杯子的左手，不远处，白玉兰缓缓打开自己。

年少的颜色跃然纸上，抬头，摘下一汪绿色的春天。安放泪水和童话的车轮，渐行渐远，迅速碾过公主梦里的舞鞋，支离破碎。

七月里，阳光不止地写满柔情的诗篇，穿透茂盛的白桦林，投影在大地青涩的波心。前面浓荫的道上，一只未起飞的纸飞机，沾上一身朝晖和露水，被远方和日期所遗忘。

所遗忘在跳舞的七月。花已经开过了季节，忧愁和一丝悦耳的情话，已经凋零成埃。

于是，爱情像遗失贝壳的大海，日夜呼唤。然而，那一群可爱的孩子，却不懂爱情是那贝壳还是大海，或者是它们生命的续写。

你不得不信，直到某一天，有一个人站在波浪谷向你挥手，微笑，后面跟着一串串绚烂的彩带。让你联想起之前提到的，咖啡店里沉默的少年。

他有一辆色彩单调的单车，孤独地站在七月的尾巴上，仰望或者欣赏。如你所料，每一辆单车的主人，通常都会幻想，暮色里弥漫着爱情的味道，自己喜欢的女子坐在单车上，自己亲自载着她，去咖啡店约会。你眼里，她比一朵绽放的水仙更加美丽，秀发繁飞，裙角翩翩。

果真，你笑得很美。这个眼神明亮的少年，你曾经见过。只是，他只记得爱情，不记得你。

　　故事终究都会被经过，那样美好的故事，也不曾出现在我繁忙的生活。去年七月里，一伙自驾游的少年们，风一般经过我，再穿过七月，了无痕迹。

　　原来，单车不一定载着自己喜欢的女子，但一定载着似水年华。还有一种可能，那些路过七月的单车，都曾载过一只轻盈的蝶。（陌晴）

你 一 笑 ， 曾 经 让 我 傻 半 天

望着你，望着你，像一片彩云从我眼眸飘过，轻柔地，
比雪花还要轻盈，比春风还多情，比柔水还要温存。

　　最好是把时间放在一旁，这样不至于笑话我一大把年纪了还不懂
得爱情。

　　当我是个玲珑少年的时候，对爱情的解读自信得可谓入木三分，
爱情就是那让人死去活来的东西，地老天荒地忠贞不渝的东西，沧海
桑田地伴你到黎明的东西。

　　随着物转星移，爱情两个字越读越糊涂，借着放大镜，还是擦不
亮慧眼。少年的自负轻狂比现在的愚钝踌躇要阳光许多，尽管少年对
世事的理解懵懂，对事物的感触缺少觉悟，但是那感觉不到一丝一毫
疼痛的岁月好得无法形容。后来，我经历了数不清好日子和坏日子，

走过了坦途跨过了坎坷，现在，我站在没有花开的季节里，没有想拿什么来拯救自己，到了不动声色的年纪。

当我无望地在白纸上哭泣，绝望天天叫着喊着与我切磋，我准备毫无抵抗地举手认输。是你，是你，是你那浅浅的回眸一笑，那让我傻了半天的一笑，把我高贵的魂儿唤醒了，哭泣的白纸上从此就有了生动的颜色。

你的模样在我的脑海里剪辑再剪辑，复制再复制。陪着我走过一个又一个没有星星的夜晚，走过一个又一个风雪交加的日子，走过一个又一个有着尖锐疼痛的时刻……

一个被钢筋水泥封尘的世界，轻浮的酒香和音乐在上空弥漫。走在这样被压抑的街道，看来来往往的车辆，熙熙攘攘的人流，街道在不停地流淌，心也在不停地流浪。在那个跟太阳有关的名字的城市，在那一隅小城碰着了你。

望着你，望着你，像一片彩云从我眼眸飘过，轻柔地，比雪花还要轻盈，比春风还要 多情，比柔水还要温存。那一刻，我总能生了些许想象，看到的天突然蓝了很多。你动情地向我挥挥手，我的心沸腾着，毫不怀疑这是遇上了天使，我的朝思暮想的天使。

　　我曾经老是想，我是村庄里的一株植物，没有飞翔的梦想；我曾经老是想，我是你门前的一颗丑石，不是水晶，不具备星星的光芒，也从不具备想象；我曾经老是想，我是荡漾在小河里的那片青山，不再有唤醒杨柳的缠绵……自从与你邂逅，我的植物有了梦，我的石头具备了想象，我的沉睡的青山也唤醒了杨柳。

　　想好了，见到你一定拿出足够的睿智，挥洒十分的倜傥。当青春的长发，掀开你灿烂的笑容的时刻，忐忐忑忑的我还是傻了半天，睿智和倜傥化作轻烟消失在远方。在天使的笑容里，凡人唯一能做的只会迷失自己。

　　今夜，如此疲惫、漆黑，天空孤单得连萤火虫的光亮也找不到。

　　那样可怕的夜晚，无法用文字和音乐来镇住我迷乱不堪的思绪。只好翻阅一下你的笑容，你亲切的笑容。脑海里的底片，剪切了再剪切，小镇的霓虹不见了，喧嚣也敛迹了，最后只剩下你比太阳还要明晃的笑脸。

　　这个时间，我听到了穿过黑夜的花开的声息，我就用平常人的天真想象你，用最简单的思维感觉你。这样，我对你的理解与洞察透明着尘埃，思绪是那样清晰准确……

　　记得你住的那个叫桥的地方，看不到一座像模像样的桥，只有一条波澜不惊的小河在日夜地流淌。我没有感到丝毫遗憾，因为有你陪着我一起走在乡间的小路上，还记得路旁零零散散着几个村庄，零零碎碎长着几株乔木。那里还有一方水塘，我们安静地坐在岸上，看白白的鸭子在尽兴地嬉闹，幸福的滋味却上心头。

后来，我多次想，我就是你那条河里的一尾鱼，或是你那条路上的一只蝶。我如何在你的河里快乐地游，在你的路上翩翩地飞。

而今天，我却是一个风尘仆仆的旅行者，带着孤独与眷恋悄然走开……

在这个不再考虑粮食养育生命的时代，我愈来愈懂得，生活总有一丝苦涩，有一丝欢欣，也有一丝无奈。在现在的日子里，而你的微笑是我生命里永不褪色的记号，你的微笑是我生命里的全部精彩。

你一直在微笑，一直在我心里，微笑着，微笑着。我傻了半天，又傻了半天……（傅玉善）

好 久 没 说 了 ， 我 爱 你

就像当年一样，傻乎乎地告诉你：喂，我好久没说了，我爱你。

中学，我们同班。我把一封情书夹在书中给她，她给我回了一封长信。我打开看了第一句，就撕掉了。她说：我们年纪还小。恋爱后，她告诉我，其实那封信后面写的是：能不能等到我们毕业之后呢？

高考之后，我们和很多人一样恋爱了。我和她去逛了未来的大学校园。看门的阿姨不让我进，她说，我是她的行李，就是没有拉杆。

我们第一次牵手是在王府井大街，我们去吃汉堡，她把可乐洒了一身；我给她的第一个生日礼物是一条项链，那是我吃了多半个月的馒头和青菜，攒下钱买的；在她家小区我们两眼相望，准备终结彼此的初吻，就这时一辆大卡车轰隆隆地开来，车上跳下七八个小伙子，准备卸货……

　　不知不觉，我一口气读到了博士，没房没车，也没什么钱。她从来没有埋怨过我，她说，你什么样，我都跟定你了。

　　一天，她跑过来胳肢我，问我，痒吗？我说，痒啊。她说，我们快七年了。于是我们无比恐惧地看着彼此。七年，我们的恋爱渐渐从相识时的怦然心跳，变成了不知不觉间的温暖，甚至变成了难以免俗的平淡和偶尔的争吵。

　　昨天，我在台北的街上，丢掉了一部手机。搜寻了几个小时，拉着朋友去警察局报案。平日的我丢三落四到令人发指，以至于朋友不解我为什么单单为了这部手机如此难过。她也在凌晨两点，安慰我不过是一部手机而已。可这是她送我的生日礼物，里面有很多我们一起吃饭逛街看电影的照片。我忍不住眼里的泪水，对她说：我们恋爱七年，日子平淡得让我们对爱情甚至不知所措了。这部丢失的手机让我明白，其实我是多么在意我们一起走过的路，在意你每个表情的收藏。丢失你的笑容，就像我没有让你快乐过一样难过。唯一让我感到欣慰的是，十天之后，我会回到北京，看见下班之后，在公共汽车站等车的你。那时，我一定要冲过去抱住你。然后挠挠头，就像当年一样，傻乎乎地告诉你：喂，我好久没说了，我爱你。　（Mlln）

桂　花　飘　香

许久，他说，我会回来的，在桂花飘香的季节。

　　她已记不清在这棵桂花树下久坐多少次了。

　　她和他是青梅竹马的恋人。她考上了省城的师范院校，他则考上了南方的医科大学。临行前他们在桂花树下执手相拥，默然无语。那天的桂花开得正浓正艳，周围氤氲着沁人心脾的花香。许久，他说，我会回来的，在桂花飘香的季节。

　　虽然隔着万水千山，但两人依旧像呵护襁褓中的婴儿般呵护这份爱情。电话不断，短信不断。放暑假了，她会带着自己做家教赚来的钱跑到他的城市，两人一起爬山，一起做志愿者。天冷了，他给她寄来一件白色的羽绒服，说，送给他心中的天使。立刻一股暖流在她的心里荡漾开来……

　　大学毕业后，她回到县里当老师，他则读了研。上网聊天时，她跟他说她的学生有多聪明、多可爱。他给她讲自己第一次进手术室，面对病人头皮发麻、手发抖的情形。她大笑，然后戏谑着说，有个同事在追她。

　　"你喜欢他吗?"

　　"我，只喜欢桂花……"她有点害羞。

　　那边传来他幸福的笑声。过了一会儿，他说："校领导找我谈话了，想让我毕业后留校任教……"

　　她的心忽然像被什么揪住了一般，急切地问："你同意了?"

　　"还没……"

　　时间慢慢地流逝着。不久后，他们之间忽然起了微妙的变化，他总是像有话要说，却欲言又止。这种变化潜移默化地影响了两人的关系。他的电话越来越少，短信内容也无关痛痒，接下来便是长久的沉默。

　　只是她依旧会来到那棵树下独坐，眼神中流露着孤独与忧伤。

八月桂花香。满树的桂花盛放着，芳香四溢。当她在树下望着桂花出神时，忽然一双手悄悄地蒙住她的眼睛，还轻轻地哼唱着："我悄悄地蒙上你的眼睛，让你猜猜我是谁……"她惊喜，他回来了！原来他已成为当地一家医院的第一名硕士毕业生。

"我还是喜欢桂花的香味……"

入秋了，虽然天气有些微凉，可她心里却暖如春日，因为她心里的桂花也已开放。（李春红）

百 合 花 ， 桃 木 梳

这最初的爱情，虽然止于幻想，却是苦涩少女时代的全部力量，
给予她蜕变的勇气。

　　初中的毕业晚会上，班里的女孩被一个一个叫到台前领礼物，礼
物是男孩子们送出的，有丝巾，有发箍，有漂亮的蝴蝶结，还有时下
流行的 CD……

　　叫到她的时候，很多同学笑了，因为她长得丑，一百四十斤的体
重，满脸痘痘五官不清，有谁会送她礼物呢？她低着头，窘迫地站在
台上。主持人说，请送礼物的男生上台来。台下死寂一般，没有一个
男生上台。她的眼泪几乎在眼眶里打转，她转身要逃，却看见他，捧
着一束百合花，还有一个桃木梳朝她走来，他大方地牵过她的手，把
礼物递给她。

　　台下的同学发出惊呼，有起哄的，有错愕的，她站在人群中，心

怦怦跳，她不明白他怎么会送她礼物？

那天晚上回家，她第一次大胆迎接路人的目光，她小心翼翼地捧着那束百合，脸上洋溢着光彩，连母亲看到捧花的女儿都惊讶极了。她照着镜子，头一回觉得自己若是瘦一些，应该会比现在好看。

那之后她开始减肥，也开始给在另一个学校读高中的他写信，问他的学习，问他的生活，问他的种种近况，他每一封信都回，彬彬有礼，止于问候。

这期间，她瘦了很多，五官慢慢显现出来，竟还有人夸她漂亮，她收到了来自别的男生的礼物，她站在讲台上再也不会像当年一样窘迫。毕业那天，她主动打了他的电话，约他出来。她在电话里对他说，我在中山路等你不见不散。

他犹豫了一下答应了，因为他们除了书信来往已经三年没见。

她出现在中山路的时候，他几乎没认出来。她落落大方，眼眸里神采飞扬，与当年判若两人。他有些尴尬地和她打招呼，她却拉起他的手，逛街，看电影，亲昵的模样俨然多年情侣。

南国的夜色绚烂，她一脸幸福，他欲言又止。终于忍不住开口说，其实……她做出嘘的姿势，紧紧地抱着他，然后，松手，从身后掏出一个盒子。对他说，谢谢。

他接过盒子，打开来看，里面装着的竟是当年他送她的桃木梳。

原来，那晚他的礼物并不是要送给她的，而是要送给另一个女孩的，他看她一个人站在台上，急得要哭，心中不忍，才把礼物给了她。他以为她不明白，几次想在信里跟她解释，但她的关切和热情洋溢，终究让他开不了口，他实在不愿意伤害这个极度自卑又敏感的女孩。

其实她一直都知道，这份礼物不是她的。她说，我现在把它还给你，你可以送给你原本想送的人。

他接过盒子笑了笑。

很多年后，她想到那捧百合和木梳还会落泪，尽管那些东西并不真的属于她。她说，这最初的爱情，虽然止于幻想，却是苦涩少女时代的全部力量，给予她蜕变的勇气。

她至今仍然感激他。感激他在年少的时候给的温暖，感激他不拆穿她谎言的善良。

其实，有时候爱情也可以是一场自欺欺人，只要它让我们心底明亮，努力成为更好的自己。（二丫）

幸 福 的 光 阴 味 道

邂逅总是这个世界上最美好的事情，
他和她的恋情，青涩得如同树上结的梅子，充满了青春的气息，淡而美好。

　　一场缠绵悱恻的电影又即将拉开序幕，不知道何时，她总喜欢一个人静静地坐在黑暗的电影院里，看完一场午夜的电影。

　　当一切都曲终人散时，她还会坐在观众席上，直到最后一个离席。

　　此刻，宽大的电影屏幕上，又在上演男女的爱情故事，缠绵、忧伤、热烈，看到男女主角分手的场面，她又忍不住落泪了。

　　这个春天，总是想起那段青涩的恋情，虽然他已远在天涯之外，可是关于时光的痕迹，却始终挥散不去。

那年，校园里开满了紫藤花，他帅气的身影在林荫小道上渐渐清晰；她手捧书卷，安静地端坐在紫藤花架下，看书里动人转折的故事，看到动情处，落了泪。他跑到她的身边，递过一条手绢，她从来不曾想过男孩子也会在口袋里放着手绢的，那一刻便被他无声地感动着。

邂逅总是这个世界上最美好的事情，他和她的恋情，青涩得如同树上结的梅子，充满了青春的气息，淡而美好。

她骨子里总是充满了小资情调，喜欢那些唯美而浪漫的景象，那时候校园附近，有家电影院，她喜欢那里上演的爱情故事片，于是他总是抽出时间陪她去看。

散学后的黄昏，暖风轻盈，去电影院的小道，两边种满了梧桐和香樟，他便骑着一辆自行车，带着她穿越而去，到小镇上看电影。她喜欢坐在他的身后，紧紧地抱着他的腰，长发飞扬，裙子飘然，笑声银铃一般扬起。她经常想自己是不是电影里的女主角，正甜蜜地享受自己的爱情，而自己的白马王子呢，一定能够陪着自己一生幸福到老，想着想着，就会不自觉地笑出声来，他便会宠溺地叫她：小傻瓜！

电影院里她靠着他的肩膀，悠闲地吃着爆米花，奶油味是她的最爱，她说那是爱情的味道，甜甜的，腻腻的，吃着嘴里便觉得窝心的幸福。他喜欢她身上散发出来淡淡的青草的气息，纯粹而素雅，看着她开心的笑脸，他觉得这就是自己想要的幸福。

电影的故事总是美好的，男女主角的缠绵、忧伤、惆怅，来来回回之间，总是不同的人物、同样的版本，他其实更喜欢看历史的、战争片，可是因为她，所以每次都陪着她一起笑，一起感受这些腻味的爱情滥调。他总觉得爱情应该是实在的，就和她牵手一样那么自然。

唯独她，总觉得爱情无法把握，生怕一不小心就溜走了。于是看到电影里男女主角分手的场景，她便不自觉地落泪。电影散场了，她还是坐在那里不肯走，嘟哝着说：怎么是这样的呢，为什么不安排他们两个在一起呢？于是他会摸摸她的手，爱怜地说："傻瓜，这是电影，又不是真的！"她却哭红了鼻子，哭红了脸，有时候经常把他的衬衣拉过来擦鼻涕和眼泪。

不知道陪着她看过几场电影，也不知道何时校园的紫藤花开了又落，毕业的日子忽然就近了，年轻的男女又将各奔东西，出国的，回老家的，各自诉说着理想和期待。

唯独他和她，黯然地不知所措，尤其是她，缠着他不停地问着重复的话题："你会离开我吗？你会不会忘记我？"

他肯定地回答："不会的，一定不会的。"可是她总觉得不放心，问了一次又重复同样的话题。

终于到了毕业那一天，大家都准备着行李离开，他也是，在默默地整理行李，其实他不想告诉她，家里的人已经安排好了他的去处，去外国留学，他害怕看到她的泪水。

"你真的会回来吗?"她问。"会的，我只是回家去看看父母，然后回到你的身边，和你一起，真的。"他不忍心骗她，可是又怕她伤心。"陪我去看最后一场电影吧，明天你就回家了，我害怕一个人去电影院。"她恳求道。"嗯，去吧，我们晚上好好看一场电影。"他回答。

依旧是那辆破旧的自行车，她坐在后面，却不再笑声飞扬，那段小路，忽然有些遥远起来。

电影院门口依然有卖饮料、爆米花的小贩。他买了一大包，递给她，她接过来，却没有打开袋子。

序幕拉开，关于爱情的故事又开始上演，男女相识、热恋、缠绵，到头来又是分手的场景，她突然不再想看这样的结局，以前总是喜欢，总是期待，可是唯独这一次，她觉得莫名的伤感和失落。

他沉默地陪着她看完，电影屏幕上打出一行熟悉的字：谢谢观看。他才发觉自己的眼睛何时也湿润了，分离原来真的如此痛苦和难受，他此刻才体会到为什么每次看到伤感处她的泪水了。

观众席上的人渐渐地散去，他们才各自站起，默默地离开。一个朝东，一个朝西，从不同的门走出来。

校园里的花都已经落了，他拉着行李和她挥手道别，她的身影渐渐地在小道上成为模糊的影子。

她看着他走远，忽然觉得此刻就是分道扬镳，就像电影上演的故事一样，最终都逃脱不了悲伤的结局。可是她还是宁愿这些只是自己的想象，明天他还会依然回到这座城市，牵手她的手，骑着单车，陪她一起去看一场电影。

有些故事永远没有结局，有些爱情永远那么短暂，他离开不再回来；她的等待，成为了无声的哭泣。时光就这样静静地走远，她最终失去了他的消息。

若干年后，她才知道他离开自己的那年就去了国外，过着自己无法想象的生活。

漫长的岁月里，她的笑似乎也渐渐地少了，有了自己家庭和工作，但是依然保持一个习惯，经常一个人去城市的另一端，看一场午

夜的电影，故事还是爱情的，有期待，有美好，有忧伤，无论结局如
何，她觉得往事和流年在静静逼近，又慢慢离开，就像年少时光那段
青涩的恋情。

　　现在，旧的电影院拆了，又重新装修了一下，精致豪华，和当年
的电影院截然不同。她早早地买了票，在门口的西餐厅买了一大包的
爆米花，坐在正中间的位置，看着屏幕上拉开的序幕，看到年轻男女
相遇又分手的情形，她觉得又有泪流了下来。

　　"擦擦吧。"旁边递过来一条手绢，格子的花纹，她一惊，转身，
觉得似曾相识，身后站着他，这个陪自己风风雨雨十几年的男人，
这么多年，和他生活在一起，她竟然不知道他也喜欢用布的手绢。

　　"傻瓜，哭什么呀！"他疼爱地说。她站起来，慢慢地转身，看
着他逐渐沧桑的脸，那么一刻，她才发觉自己多么残忍，他一心一意
地爱了自己这么多年，可是自己呢，却依然想着青春年少的那段恋
情，想起那个陪自己看电影的男孩。

　　观众渐渐地散了，他宠溺地脱下自己的外套，披在她娇小的身
上，牵起她的手，轻轻地放进自己的掌心，温柔地说：我们回家吧！

　　她的泪又落下来了，这一刻是幸福的泪，是喜悦的泪。她知道这
一生已经找到幸福了，是这个电影院给了她美好的回忆，也是这个电

影院让她知道什么才是真正的幸福。

　　光阴可以很美好，也可以很忧伤，就像电影院里每天上演的故事一样，每段旧光阴里也许都有故事发生，但是唯独现实里的一切才是最真实的。她懂得了，亦知道以后会去如何惜取，希望还不太晚！（佚名）

踮 起 脚 尖 来 爱 你

故事的最后，他们没有在一起，可是踮起脚尖的那一瞬，
是他们后来生命中不再重复的温暖。

那时候，爱上他，从开始就注定是一场青涩卑微的暗恋。

他那么高，跳起来灌篮的潇洒风姿，不知迷倒了多少少女的心。
而她，只是一朵低到尘埃里的小花，既不高也不美，挤在一群爱
慕他的人中间，渺小得像一粒沙子，他甚至从来也没看她一眼。

可她，心甘情愿地做了篮球队的后勤，只要有他参加的球赛，她
一场不落，其实并无大的奢望，她只是想在他渴的时候送上一瓶水，
流汗的时候送上一条毛巾，看好他的衣服，为他每次进球鼓掌……
默默做好这些琐碎平常的事，并从中获得付出不求回报的简单快

乐，便是她一个人爱情的姿态。

　　那次比赛很激烈，他不慎被人撞伤了鼻子流血了，他从球场上下来，径直跑向呆呆的她，扯过她怀里的包，抓住一张纸塞住了鼻孔，那时她方从惊吓中反应过来，紧张兮兮地问怎么样？疼吗？我陪你去医院看看吧？

　　他的腿很长，走路又快，她几乎得一路小跑跟在她身后，到了无人处，他忽然停下来，看了她半天，不禁伸手把她揽过来，温暖的唇就落了下来。

　　柳树的纤枝细叶拂到她脸上来，她脑子一下就晕了，那时候却还没忘了他受伤的鼻子，怕他的鼻血因低头而流了出来，她使劲地踮起脚尖。

　　初吻于她最深刻的记忆，就是那瑟瑟发抖的小腿，因太用力去够他的嘴唇，她的小腿几乎抽筋。后来她曾不解地问他，当初那么多喜欢你的美女，为什么偏偏选中了并不起眼的我呢？他把她抱进怀里吻了一下说，因为我记得你那笨拙的吻，那个时候还记得照顾我那受伤的鼻子的你，一下子就打动了我的心。

　　故事的最后，他们没有在一起，可是踮起脚尖的那一瞬，是他们后来生命中不再重复的温暖。（王风）

我 曾 如 此 纯 美 地 开 过 花

在泡桐花盛开的时节，我自然而然会想起他，
我会痴痴发一回愣，而后微笑起来。

那年，我高考失利，到邻县一所中学去复读。学校周围，住一些
人家，小门小院，家家门前长花长草，还有一些泡桐树，高大得很，
枝叶儿疏疏密密地掩了人家的房。四五月的时候，泡桐树开花，一树
一树淡紫的小花球，环绕在房子上方，像给房子戴上了花冠。

我喜欢在清晨，捧了书，跑到那些树下读。那个时候，我也成了
大自然中的一个，我忘了乡下孩子的自卑，我变得很快乐。

就在无数个清晨之后，我遇到了那个男孩。他穿一身白色运动
衣，在练退步走，黑发飞扬，朝气蓬勃。我当时正捧着书，他笑着跟
我点点头，又继续他的跑步。

　　我只觉得眼前有阳光在飞。那个笑容，从此印入我脑海中，挥之不去。这以后，我在清晨读书时，开始有所期待，每天听着他的跑步声临近，又听着他的跑步声远去，心里有头小鹿在跳。

　　后来在学校，人群里相遇，他显然认出了我，隔着一些人，他递给我一个笑，熟稔的，绵长的，有某种默许似的。我的脸，无端地红了，也还他一个笑。除了笑一笑外，我们没说过一句话。

　　梦里开始晃着一个影子，很多的时候，并看不真切，像远远开着的一树花，一团粉，或一团白。
　　我开始嫌自己不够漂亮，对着镜子，把清汤挂面样的头发，拨弄了又拨弄。母亲纳的布鞋，母亲缝的土布衣，多么让我难过！我变得很忧伤。那些捉不住的忧伤，雾岚般的，淡淡地飘在我的日子里。

　　泡桐花落尽的时候，我要回我家乡的学校参加高考。走的那天清晨，我依然在学校门前的路上晨读，那个男孩，也依然来晨跑，穿一身白色运动衣。他跑过我身边时，放慢脚步，送我一个笑，又渐渐加了速跑远。望着他的背影，我的疼痛，被瞬间击中，我在那个清晨，流下眼泪。我很想很想对他说一声再见，但最终什么也没说。

其实人的一生所经历的，并非只有轰轰烈烈才成记忆。

在泡桐花盛开的时节，我自然而然会想起他，我会痴痴发一回愣，而后微笑起来。我望见了我柔软的青春，不后悔，不遗憾，因为我曾如此纯美地开过花，对岁月，我充满感恩。（丁立梅）

那 是 青 春 最 值 得 原 谅 的 事

眼泪缀满了秦诚的脸，她什么都知道了。
她在心里轻叹，在那些过往的年幼无知但懵懂有爱的日子里，所发生的，
是青春里最值得原谅的事情。不是吗？

1

六年的青春光阴呼啸而过，感觉像是骑着单车往斜坡冲下去。

秦诚在东城的第二中学念完高中，头发如愿以偿地达到 22 厘米的时候，很顺利考上了北方的一所知名大学。

她不用穿高跟鞋也可以高挑，眉目不描画也很清秀，挺着胸走在大学人群里，也拥有属于自己的回头率……像她这样漂亮的女孩子，在大学是最受欢迎的。

秦诚几乎要忘记曾经刻骨铭心的咬牙切齿。

2

本地西城中学，那个年纪的男孩女孩们，心思总花在种种无聊又有趣的事情上，比如给同学起绰号。

朱小七在倒霉的时候，眼泪汪汪地回家冲父亲闹脾气："你们干吗给我取这个名字？顺着念是朱小七，倒过来就是小气猪。我根本不小气，也不是猪！"

事实上，十六岁正值青春期的朱小七确实有点胖。娃娃脸加上娃娃头，加上一个坏名字，联想成小气猪太容易了。何况，同桌男生蓝余飘专门找她借橡皮擦的时候，她头也不抬就说："不借。"

没想到，蓝余飘笑嘻嘻地威胁："你不借我就再给你取一个。"

"再……"朱小七电光石火间发现真相，"你，原来就是你？"仇人相见，分外眼红。

"套用大文豪的一句话：凡事都有第一个吃螃蟹的人嘛。"蓝余飘指指自己的鼻子，"看，我就是那个人。没错，你的绰号就是我取的，怎么怎么怎么着？小气猪。"

朱小七眼红红的，死命瞪着蓝余飘，脑袋里转来转去，最后又眼泪汪汪地大喊一声："你这个烂鱼泡，烂鱼泡，烂鱼泡……"

　　这个绰号太形象完美，蓝余飘的脸色当场就变了。他冲上去捂住朱小七的嘴巴，却还是迟了，周围的同学一哄而笑。

　　朱小七的倒霉就加倍了，以后在被叫小气猪的时候，还要加上"不吃烂鱼泡的小气猪"。朱小七趴在课桌上，脑袋鸵鸟一样埋进去，袖子都哭湿了，暗暗发毒誓：你给我等着，总有一天，我要让你成为被螃蟹吃掉的第一个人。

3

　　东城中学离西城很远，而且没西城中学漂亮。只有孤零零的几株树，在教学楼前面站着，不像西城中学那样开出粉红的花。

　　刻苦攻读的时候，秦诚就会忘掉过去的一切。但是一有空闲，就恨恨地想起一张面孔，并且幻想报复那个人。

　　直到把那个面孔的主人甩得远远的，现在回顾起来，才有了一个清晰的样子。嗯，他有着总是没睡好觉的肿眼睛，头发常常弄得竖立，说话时候爱撇嘴，极其恶毒，笑起来又痞又坏。

　　综合鉴定完毕，那真是一个令人不得不咬牙切齿的人。看看东城中学的男生，头发熨帖，埋头读书，安静如死水，没人冒个泡。

伴随着幻想，秦诚上了大学。她的幻想其实特别简单：那就是好好报复那个男生。

在这段时间里，青春迅速流转，改变了许多的女孩子，也改变了秦诚。看着镜子的时候，她几乎要认不出自己了。脸行长开了，五官和轮廓就清晰起来，不再婴儿肥。头发故意留长，人有了高度。秦诚忍不住对着自己嘀咕一句：嘿，你这个小美女。

4

秦诚上大二时，一次去听信息学院的讲座，居然在大一新生的人群中看到一个依稀的影子，往后倒退六年，可不就是他？烂鱼泡，居然和自己考到一个学校了，只是他怎么却是大一？

为了确认一下，她故意从他身边走过去，看了一眼他胸口的工作证，名字赫然就是蓝余飘。还有什么可说呢？冤家路窄，秦诚有点兴奋得哆嗦了。眼前飘过一连串的成语：天网恢恢、因果循环、报应不爽……

蓝余飘还是讲座的主持人。那位请来的著名教授讲完，下面使劲鼓掌。教授说，同学们可以自由提问。秦诚就站起来，您今天讲得很好，主持人也主持得很棒，我的问题是……她一唱一和地拍马屁，说活动太圆满了。蓝余飘的眼光越过众多同学，落到了秦诚身上。他冲秦诚一笑，有点迷乱的样子。

鱼儿上钩了。

很快，蓝余飘就知道了这个为他说好话的小美女，是外文系的秦诚。电话殷勤地打给秦诚，去绿茵阁吃东西吧！我请。

不去白不去。等他喜欢上我了，再揭露残忍的真相，让他直面惨淡的人生和淋漓的鲜血。想到这里，秦诚偷偷乐了。

5

秦诚说，请给我一杯曼特宁。蓝余飘说，那我要行运超人。彼此的距离太近，特别适合观察。她要看清楚仇人六年来的样子。

其实这个烂鱼泡变化也蛮大的。当年他的出格竖发，正是男生流行的发型，拿定型水喷洒一点，抓一抓，就精神抖擞地挺立。里面回荡着音乐，居然心肠温柔起来，把那些恶毒想法，吹灰尘一样吹散。聊天基本上是他说她听。

他不停讲一些过往的趣事笑话。秦诚被逗乐了，那些人和事，其实有她熟悉的。但她假装不知道。只是想，怎么没听他提起一个名字，没听见他提起朱小七。

他应该提起朱小七的。

从绿茵阁回来，秦诚从书店抱回一本当年很红的几米，是《地下铁》，里面有一句独白说："昨日的悲伤我已遗忘，可以遗忘的都不再重要。"那么，这是一个终点，也是下一个起点。

人是善变的。晚上在床铺上辗转反侧，秦诚默默哀叹，我想要忘记过去，和他开始，是不是意味着，我先就很喜欢他了呢？那我的计划呢？当年被欺负得哭了无数次，不堪忍受侮辱的外号，于是要求父母办理转学，还跑了十几次到公安局，改了名字，从母姓，叫秦诚。

秦诚，就是朱小七。朱小七，就是秦诚！

当年的誓言，在光阴的风中摇摇欲坠，在爱情萌芽的地方，成了养料。第一个被螃蟹吃掉的人，也许竟是自己。秦诚迷糊地睡着了，睡梦中，现在的烂鱼泡先生，有着一双明亮深情的眼睛。

6

一个人心情摇摆的时候，脸色也会跟着阴晴不定。蓝余飘已经确定了秦诚男朋友的身份。

　　事情的发展，总是超过人的算计的。所以，这就叫作人算不如天算。蓝余飘上了钩，可是自己这条饵，也好像要牺牲了，秦诚已经不想揭露真相，告诉他自己就是当年那个胖胖的朱小七了。

　　那个穿梭于时光隧道，早被抛弃掉的不可爱很难看的朱小七，为什么还要再找回来，并且还会产生对现在爱情的干扰？

　　周六，秦诚约他出来，去学校电影院看电影。在门口买票时，秦诚说，哎呀，我没带钱。就知道你不会带钱，我带了。蓝余飘无奈地叹气，真是个小气猪。

　　蓝余飘一说出口，就捂住了嘴巴。秦诚已经听到了，说，你刚才，叫我什么？

　　我什么都没叫啊，呵呵，你听错了！

　　买好票，两人无语地走进去，179号，178号，挨着坐下。电影院里光影错乱，好像下起了雪一般，秦诚觉得往事也像雪一样下起来。

7

　　电影院里又暗又黑，放的是日本导演岩井俊二的《情书》。那里面，男孩子骑着单车路过女孩子身旁，拿一个纸袋套在她头上取乐。

　　蓝余飘的声音悠悠然传来：其实，每个年少的男生，都很傻。不知道怎么表达对一个女生的喜欢。他就捉弄女生，比如套纸袋子，比如放昆虫到她抽屉里，比如笑话她。

　　秦诚若有所思，说，还比如，给她取难听的绰号。

　　蓝余飘发出"嗯嗯"的赞同声，然后接着说下去，"当你走过我的身边，那种熟悉的感觉笼罩全身。虽然你改了名字，人长得变了，但我还是认出你了。你走过来的瞬间，我偷偷看了你的脖子后面，你有一个小小的肉痕，那是抹不掉的……你转学后，我想方设法，只打听到一点点消息，那就是考到了一所重点大学。我成绩不好，但那一年使劲用功，报了你的学校。第二年我终于考上了，所以你大二，而我大一。"

　　眼泪缀满了秦诚的脸，她什么都知道了。她在心里轻叹，在那些过往的年幼无知但懵懂有爱的日子里，所发生的，是青春里最值得原谅的事情。不是吗？

　　"你怎么会喜欢上那个时候的我？朱小七不美丽也不可爱。"秦诚抽着鼻子问。

　　蓝余飘摸摸脑袋："呵呵，谁知道呢？不过我可以肯定，我现在很喜欢，坐在我右边的你。"

秦诚，哦，也是朱小七，转过身，在他的额头啄木鸟一样点了一下，就离开了电影院。外面，阳光明媚，跟在后面的就是那个叫烂鱼泡的痴情男孩。（沈嘉柯）

只 有 天 使 知 道 我 喜 欢 你

从第一次见到你便深深地喜欢上你，多么希望可以永远地喜欢你，看着你的
眼眸，清澈透明纯洁到底……

谁不曾走过雨季，多少旧事湿润成一片迷离。在那模糊的记忆
里，过去的日子泛起涟漪。当我准备写些东西祭奠那段时光的时候，
却发现一簇簇苍凉在我的心头绽放。

还记得刚进班的时候，你那呆呆木木而又清纯的表情让我眼前一
亮，而你的笑是世界上最美的花朵，语笑嫣然应是对你外貌最好的诠
释了。

随着接触的增多，我越来越发现，你真的很单纯很可爱。你那天
真的想法，傻傻的表情，还有那甜美的微笑，总是让我不由自主地
心动。

　　你知道吗？你不高兴的时候，有个人会随着你一起难过，他会想方设法地让你高兴，不计代价，可你对他却爱理不理。你知道吗？当你和其他女生一起去看其他男生打篮球时，有个人的心理会产生醋意，不是因为这个男生不大度，而是因为这个男生在乎你，在乎你的一举一动，在乎你的每一句话语。

　　哦，我忘了。这些你是不知道的，你不知道有一个男生在角落里默默地喜欢你，不是他不想告诉你，是因为他害怕失去你。

　　还记得我对你说过的那句话吗？"如果我们之间有一千步距离，你只要跨出第一步，我会朝你的方向走完其余的九百九十九步。"可你却傻傻地说，为什么不是他先跨出的第一步？可能我们之间真的就应了那句预言，我们之间的距离就是那所谓的世界上最遥远的距离。

　　其实我现在很想对你说，如果我们之间有一千步距离的话，当我向你的方向跨出第一步时，只要你不扭过头去，我会接着走完其余的九百九十九步。

　　那时的我，多么希望你的所有欢笑能全部由我给予，多么希望你的难过能由我同你一起分担。多么想，你能冲着我撒娇，而只冲着我撒娇。多么想，你的心里能有我的空间，一片只属于我的空间。多么想，当我难过时有你在身旁安慰。多么想……

想对你说我是喜欢你的，从第一次见到你便深深地喜欢上你，多
么希望可以永远地喜欢你，看着你的眼眸，清澈透明纯洁到底……
（佚名）

清冽的等待是白玉兰的香

像千百年前，书生惊了佳人，打马而过时，
他低头看她，一地的玉兰花也描了红妆。

　　学校有一条小路，植满了白玉兰。在阳春三月，玉兰花开了一树又一树。她就坐在树下看厚厚的书，暖风吹来，丰腴的花瓣落在书上，有清茗的香，带着一点点的凉。

　　他常常骑着自行车像策马奔腾的将军，脚下生风，张扬了不羁的青春，一个急刹车惊了她。就像千百年前，春风得意马蹄疾，书生惊了佳人，层层叠叠的玉兰花裹在风中又落下。他好看的眉眼有了尴尬，却不知如何开口。末了，她侧侧身子，让出小路，他低头骑着车摇晃而过。像千百年前，书生惊了佳人，打马而过时，他低头看她，一地的玉兰花也描了红妆。

长长的春天，长长的小路，够她看几本厚书，也够他将自行车骑得很慢，摇晃出一个玉兰花开的季节。

后来，玉兰花开得越来越肆意，越来越丰腴，她的书却翻得越来越慢，他的车子慢腾腾地晃得愈发厉害。她在等他开口说话，认识而不熟悉，问候藏在心里。他的目光落在小路的尽头，像骑马的书生收了缰绳缓慢踱步。碾过的白玉兰，连同车辙子一起印在她的心上。

阳光日渐温暖，天气愈发晴朗，一个春天，眨眼过去，其实没有想象的那么长，遗憾的微凉留在了玉兰树的花上。

那一日他说，图书馆一楼有新书展销，一起去看看吧。她点头，树上的玉兰花笑得咧了嘴。那是第二个春天，他推着自行车走在她的身边，低头就可以看到她玉兰花样的脸庞。

那一日他说，这是初落的玉兰花瓣，夹进书里，有清茗的香。她收下纯白的花瓣，一页一页夹好，字里行间都是他的笑意。那是第二个春天，她把书放进他的车筐，和他一起走到宿舍楼下。

那一日他说，玉兰花该开了，她说是啊。他从北方往南，她从南方往北，植满玉兰花的小路上，有了更多的男生女生，多像当初的他们。

　　暖风微熏，落英缤纷，他拍拍自行车的后座，她稳稳跳上，他说，每一年，都和我一起看玉兰花开，好不好？她笑了笑，环住他的腰。那是第四个春天，他们实习跨了大半个中国，离别在即，却又回到最初的地方。

　　不轻易说出口，如古酒，几多经年窖藏，等待的清茗像是白玉兰的香，因为有爱情持久的味道，所以等得起也爱得起。（桥边红药）

自 行 车 梁 上 的 时 光

许多年以后，我才知道，原来那段自行车车梁上的时光，
是我一生中最幸福、最快乐、最美好、最纯真的时光，
然而，我却从来没有告诉过他。

　　那个时候他的学校在西大，我的学校在民院，相距很远。他每次
来找我的时候，都骑着他的那辆旧车，花上一个多小时，骑到我们宿
舍那棵高大的梧桐树下，大声地叫两声我的名字，然后就静静地等在
那里，等我从宿舍窗户伸出头来，向他招招手。我便手忙脚乱地把自
己收拾一下，然后飞一般地下楼，笑着一步一步走向他。

　　阳光透过梧桐树叶射在他的脸上，一切都是那么明朗。

　　大三那年的情人节下着雨，他还是骑车从西大过来。我走到校
门口去等，准时到来的他穿着雨衣仍是浑身湿透。我怪他下雨还骑
车，他魔术般的从怀里拿出一束花来，嘴里说："骑车才显得心诚

啊!"他真傻! 一瞬间心中的感动泪盈满眶。送我回宿舍的路上他让我坐到自行车的前梁上，有风，我冷得打着哆嗦不由自主地直往后缩，他拉开雨衣拢在我的身上把我揽进怀里。被他环绕着的我躲进了一个温暖的港湾，他握紧车把在我耳边温柔地说："就这样一生一世多好。"这是他第一次说出这样热烈的话。我咬着嘴唇摇摇头，又使劲地点点头，贴进他温暖的胸膛感受着他强烈的心跳，泪水终于忍不住流了下来。

以后的日子，他总喜欢把我放到他的车梁上，我穿上他大大的白衬衫，张开双臂迎着风挥着长长的袖子。没人的小径上我会调皮地去挠他的胳肢窝，他的车开始左摇右晃起来，嘴里嚷着："疯丫头，别胡闹，要翻车了!"

最后一次见他还是在几年前的一辆公交车上，我的眼光从窗外收回来却无意中看见了他。三十岁的他脸孔不再年轻鲜活。车厢里的人很多很挤，他一手拉着吊环一手搂着他妻子的腰，他妻子紧紧依偎在他的怀里。他是那么深情地看着他的妻子，全然没有注意到凝视着的我。

许多年以后，我才知道，原来那段自行车车梁上的时光，是我一生中最幸福、最快乐、最美好、最纯真的时光，然而，我却从来没有告诉过他。

　　当回忆倒带，南方城市干净阴凉的街道，穿着白色衬衫的少年和少女共骑着一辆自行车。女孩子坐在车的前梁上紧紧依偎在男孩子的怀里，男孩奋力蹬着车一脸的幸福……纯真美好的少年情怀只留下一串深深的脚印伫立在内心深处，遥远，但又抬头可见。（杨巧）

卷 四

青春若有张不老的脸

流年似水，太过匆匆，一些故事还是来不及真
正开始，就被写成了昨天。

我 不 能 悲 伤 地 坐 在 你 身 旁

那是从来不曾快乐地坐在你身边的我，落寞的是，在曲终人散之后，我才恍悟，原来再也不能有你坐在身边，才是真正的不快乐。

　　当我推开那扇门，想看看永恒荣光的状景。那没有他们说的实用阶梯，然而我又不能悲伤地坐在你身旁。

　　在我走出那扇门，撕下某本书的 252 页，它用黑色镶金这般地写着：Hey 我不能悲伤地坐在你身旁，我不能悲伤地坐在你身旁，我不能悲伤地坐在你身旁。

　　如此这些依旧活得盲目而卑微的时光，常常会在被一夜的暴雨吵得无法入睡的夜晚，试图回想从一九九几年的某个值得纪念的夏天到今晚，究竟有过了多少场这样熟悉的叫人无眠的夜雨。好似这滂沱的雷雨中，每一颗掷地有声的雨滴，都在字正腔圆地回述着那些感情充沛的少年时代的夏天，人是如何一手撑着酷暑，一手写下许多文字来，心中有着信誓旦旦的疼痛和欣悦，并且不相信时光的力量。

这样的夏天，于生命留下的只是一溜狭长而落寞的影子。在影子的深处，某些已经再也看不到的面孔偶尔还会闪烁起来。背景永远是浓得像油墨一般的黑暗。你正在离开。身影的轮廓与颜色已经迅速地退进了那片浓墨之中去，可是眉眼之中的灿烁，却鲜明得融不进夜色。

我想起来，便会觉得，这是一副适合搁置在回忆里的笑容。

早前某一个夏日在近的黄昏，应该是五月，因为彼时一场大雨过后无限清明朗然的阳光和云朵的阴影洒满了空无一人的教室，美得令我宁愿在那儿多待一会儿畅想，那便是只有五月才有的阳光，可是你走了进来，令我有一瞬间的无所适从。

果不其然的是，我们从一个不愉快的话题开始，由沉默和僵持迅即地逼近争吵的临界点。于是我一言不发地扯下了脖子上的项链塞还给你；几乎与此同时，你也铁青着脸转身便把它扔出了窗外。

于是在那个原本美好得适合放在记忆里的黄昏，竟然就真的被放在了回忆里，只是因了一个并不美好的场景。如此一个行为的代价，对于你来说，或许只是五分钟之后后悔起来，噔噔地冲下楼去猫着腰在草丛里面狼狈地寻找那条对于那时的你来说还很昂贵的项链；但是对于我来说，是花去后来多年的时间，凭借着记忆之中对那条项链的外观和质地的记忆，在每次经过首饰店的时候，都有意无意地坚持寻找着一模一样的另一条。

毕竟我想起来你所说的，从认识我的第一天起，便每天存一块钱硬币。存了近三年，最终把它买下来送给我。我于是不自觉地会想象，你常常在那家店子门口徘徊，有时会走进去，天真而傻气地趴在柜台前，低头低得快要把鼻子贴在柜台玻璃上，反复观察那条项链，踌躇着价码牌上的数字，最终总是默不作声地离开。

这显然不是表达感情的最好方式，可是我们总是找不到其他途径。总以为物品可以代替想念和诺言，让我们在彼此的生命深处永久停留下去。

这些过往的记忆，理所当然地被后来更多的现实所冲淡，模糊了愉快和伤感的界限。那些愉快，最终因为过于短暂而在回想起来的时候变得伤感；而那些伤感，却会因为叫人刻骨铭心而变成了回忆中的快活体验。一切已经混合成深冬时节玻璃窗上模糊氤氲的霜雾一样语焉不详的怀念，轻轻抹开一块来，才可以清晰看得见所有曾经叫人动容得不堪重负的人事。

毕业的时候，又有不舍。

你给我你的一颗校服扣子，用一条红色的细鱼线穿起来，系在我手腕上。你没有征求意见便直接用力打了死结，然后抬头定定地看着我，无言之下却似有在说"不准取下"的时候，我竟然觉得很感动。

又隔些年，收到一封你写来的信。从收发室里拿到牛皮纸的信封，看到信封右下角的几个字，兴奋到一瞬间觉得眼底里有泪。当即撕开，迫不及待地随便往路边的石阶上一坐，就开始一遍又一遍地读，看到在结尾处写的话，"我等你的好消息"，眼泪终于落下来。

从那个时候起，便一直把这封信放在书包里，在很多很多坚持不下来的时刻，一个人低下头去拉开书包最里层一个几乎从来不会拉开的拉链，拿出信来，一目十行地把那些已经烂熟于心的话读下去，读到最后总是会闭上眼睛，怆然欲泣，觉得我们路过的所有年岁，年岁中那些与他人经历并无二致，却在自身感受上尤为孤独浓烈的记忆，其实是在昭示着在追逐幸福的路上遇到的痛苦都并不枉然。就像你现在总说，过去那些不懂事的年华，我们这些所有迷惘在青春期里的孩子总需要经历一些咋咋呼呼的伤春悲秋，才会渐渐懂得隐忍平和的真谛。彼时总是这样轻易倒戈，仿佛世界真的欠了自己一个天堂，所以煞有介事地自以为是最悲惨的一个。我亦曾经毫无缘由地深陷其中，只不过不需要搭救。

　　二〇〇四年。高三。某个情绪低落的晚自习，在第一百七十七次把那封信从书包里拿出来读的时候，犹豫了一下，便把这封信末尾的那句"我等你的好消息"剪了下来，然后将这一小张只有一厘米宽，四厘米长的字条，贴在课桌抽屉底部的外沿——只要一低头，便可以看到的位置。

　　从那个时候起，当再次遇到身陷心慌意乱之中，觉得再也坚持不下来的时刻，只要一低头，便可以看见这句温暖的话。它是那样安之若素地等待在那里，等待着我想起它，等待着我被无缘由的伤感所捕获的时刻，等待着我低头——不是为了哭泣，而是为了注视它——借以予取予求地安抚那些无处遁形的落水一般的无力和悲伤。

　　那是在高三，连埋头从书包里找出信来的时间都可以富有效率地省略，便直白地读到我最想看到的那句话：我等你的好消息。

　　而今回想起来，我不得不承认，这句如此简单的话，竟然是支撑那一年心慌意乱摇摇欲坠的时光的全部力量。

　　二〇〇五年，离高考十五天的时候，放温书假。离开教室那天中午，我慌慌张张忙里忙外地收拾好教室和寝室里的全部东西准备离校。所有的书本和杂物，多到令我瞠目结舌，请了两个挑夫跑了两趟才搬运下楼，塞满了小车的后盖，车厢后座以及副驾的位置。

　　车已经上了高速公路，离校一百公里之远的时候，我才忽然想起来，我带走了所有的东西，却忘记了带走课桌抽屉边沿贴的你写的那句话：我等你的好消息。

　　那个瞬间，我几乎失去控制一般慌张地从书包里翻出那封信来，幻想着我无意中已经把它从抽屉边沿撕下来带走。

　　然而没有，信纸的末尾那个小小的长方形缺口仿佛伤痕一般留在那里。

　　我等你的好消息。

　　那日我坐在离你的这句祝福渐行渐远的车上，切肤体验着命运的戏谑之处。一路是昏默的夏日暮色，焦躁而凄迷的蝉鸣，和苍穹尽头那些溽热而疲倦的暗红色云霞。我好像是在真切地经历一种路过，路过白驹过隙的电影般的青春：那些车窗外一闪而逝的耀眼的绿色快得拉成一条线，隐喻式地将所有景致穿成了一条项链，戴在了记忆的身上。

　　一切都有似一本鲜活的悲伤的诗集——陈列已久，却不被仔细阅读和悉心感受。世界上的此刻，有那么多人来了又去了，也总有一日，会是我们的终点。可是我时常无故地担心，希望那样一个永别的时刻，我不会忘记我将什么不可弥补的东西遗留在了人间。

　　我仍时时怀念，过去我们曾经是被彼此那般毫无保留地盛情关怀过，以至于让我在日后看多了人情淡薄的年岁，在这炎凉的世间某个角落寂寞起来的时刻，想起你来便会微笑。
　　那是从来不曾悲伤地坐在我身边的你。
　　那是从来不曾快乐地坐在你身边的我，落寞的是，在曲终人散之后，我才恍悟，原来再也不能有你坐在身边，才是真正的不快乐。
（七堇年）

蝴 蝶 穿 过 两 岸 光 阴

青春里经过的人经过的事，一辈子也难忘。何况，我曾经爱过！

　　我上高中时，有两个最好的女友，那时，我们三个被称为一中的
"三剑客"。三个人，学习成绩优良，个子高高的，青乒乓球打得最
好，安芭蕾舞跳得最佳；而我，写得一手好文章。

　　我们好到几乎形影不离，吃饭在一起，睡觉也要在一起，有了痛
苦，当然也要在一起分担。最疯的时候，我们三个一起骑自行车去百
里之外的白洋淀，是旷了课去的，结果回来后老师家长一通臭批，可
我们心里却美滋滋的。

　　那时我们只有十七岁，有太多美丽的和虚幻的梦，我说要成为
第二个三毛，万水千山走遍；青说要成为中国最好的建筑设计师，和

林徽因一样，和自己心爱的人去看看中国最美丽的建筑；安的梦想最简单，她说要找到自己的王子，和王子慢慢老去。

怀着少年梦的三个女孩子，什么话都可以说。

一中的院子里有太多合欢树，几百年的老树，散发出精灵一般的气息，我们三个常常坐在老树下托腮想心事，或者爬上家乡古老的城墙去看落日。

也许所有的青春都一样，对未来充满了慌张和期待。

后来，我的文章发表了，发表在《少年文艺》上。当我看到写着我名字的读者来信时，我发疯地找到她俩，我们拥抱在一起，然后唱啊跳啊哭啊，兴奋地在操场上走着。那是一个美好的春夜，我们走啊走啊，一直走到天亮了。她俩笃定我会成为一个好作家的，我虽然感觉这件事情遥不可及，但也兴奋得忘乎所以了。

之后，我开始接到大量的读者来信。当然，这些信我是看不过来的，于是，我把其中一部分给了她们。

我说："如果信写得好，就请帮我回吧。"

于是，她们和我一样，有了自己的笔友。

那个写信的年代，那个两毛钱发一封信的年代，白纸黑字的情怀充满了素色的光芒，我们三个沉溺其中，不能自拔。

为此，我们三个都有了自己的初恋人生，当然，无一例外，全是自己的笔友。

只是，青一直给石家庄陆军学院的一个军人写信，当那个男子要照片时，她把我给她照的一张在雪中的照片寄给了他。

青和他一直通信，直到一年之后。

一年之后，我考到石家庄读大学，青落了榜，她给那个男子写信，"我们，我们断了吧。"

那个男子快发了疯，不停地写信，那些信，青再也没有拆开过。她走了，去了广州。这个想当中国最好建筑师的女子，从此消失在我们的视线里。没有人能找到她。我知道她的决绝，高考落榜于一个优秀生的打击可想而知。

那些信被转到了我的手上，我找到了那个男子。

在石家庄的过街天桥上，他不停地哭着，说青和他说好一辈子的。当然，即使他知道她落了榜，可那又有什么关系？她可以复读啊。他不停地问我，青为什么要走？为什么啊？

他们只见过一次。他说，就这一次，青真的成了他心里的刺青和烙印；他说，他一生恐怕都忘不了她了。

那些青写给他的信，他一直编了号，然后小心翼翼地留着。

一年之后，他转业回唐山，一直还在打听着青的下落。

但青没有给任何人机会，她嫁人了，出国了，还在读书？我们都不得而知，甚至我和安怀疑过她会自杀，因为，她受不了高考落榜的打击吧？

安的爱情却一帆风顺，她喜欢上了一个山西的大学生，她们在次年春天就见了面，然后就一直爱下去了，爱到了结婚，那是几年之后了，他们大学毕业，安去了山西太原，嫁给了自己初恋的人。

而这些，全因为我写了那篇文章，全因为之后铺天盖地的读者来信。

我呢，我认识了一个重庆的男孩，然后是我和他之间四年的奔波，来来回回，石家庄和重庆之间，到最后，落花流水春去也，有"人生若只如初见、何事秋风悲画扇"的凄凉，也有"等闲变却故人心、却道故人心易变"的慨叹。

十年之后，生死两茫茫的人聚首了。

青回来了，初看到她，我以为看到的不是她，当年美貌如春花的她十分憔悴，她在广州结了婚嫁了人，后来才发现那个男人在香港有太太，于是，她离婚，再次选择决绝地离开，一个人带着孩子回到北方。

她说，"总要活下去！总要和蒲草一样，坚韧而绵长地活着！"在醉酒后问过她当年事，她说，"因为爱才选择离开，他那么出色，我觉得配不上，你要知道，有时，放弃也是爱！"

告诉了青当年那个男子的泪水，她侧过脸，眼泪落下来，"当年错别意中人，从此后，只当一场少年梦。"

安仍然在太原，生了孩子之后就胖了，当年清风秀骨的女子变得唠唠叨叨，一张嘴就是她的老公孩子，打电话没完没了地说家常，她嫁的虽然不是王子，可是能一起变老，一直到牵手老死的那种，安的丈夫我见过，非常深沉善良的那种男人，安后来爱骂街，安一骂，他就嘻嘻笑着，说骂得真好听。

她也说起我的书，说什么呀，瞎编什么呀，我要写比你好看，我就是不写。可我知道她，我每一出本书她都会和别人炫耀，带着迫不及待的心情。因为我有一次去山西，我惊诧于那个小区的人几乎所有人都知道我！甚至连看门的老大爷，还有小卖部中卖醋的老太太！可见这个人的宣传攻势有多大！

当我们三个再聚在一起时，孩子在叫着，男人们喝着酒，我们说："吃菜吃菜，这个剁椒鱼头不错，新来的师傅做的，这个麻辣小龙虾不错，来，孩子们吃"……外面灯火辉煌，小城之夜分外绚烂，几乎没有人说到过去了，过去有多远了呢？远到似乎是前世了。

青没了工作，一个人带着孩子，偏偏身体又不好，前几天检查出肾小球肾炎，要吃大量的药，我和安凑了钱给她，她什么也没有说，侧过脸去，哭了。

当她接到一笔巨额汇款时，她呆了。

是十万块钱！

是谁？谁寄的这十万块钱？

当我辗转查到那个寄钱的人时，我惊讶地发现，他，居然是当年趴在过街天桥上流泪的男子。

如今，他在唐山，开了一个矿。当我打通电话时，他哽咽说："青春里经过的人经过的事，一辈子也难忘。何况，我曾经爱过！"

说完，他放下了电话。

电话这边的我，忽然间就流泪了。（雪小禅）

青 春 的 轨 迹

于是我明白，不管我是否爱你，都必须承认，你是我生活中一枚不能磨灭的标志。

我们可以穿过那一阵奢华的喧嚣，再穿过一条青草的小径。如果，你愿意让我握住你的手，我会指给你看，天空那么遥远，我那么真实，在我的眼睛还能望见你的时候，所有似水年华终将让我们发现，世界给予我们的，一切的真相。

青春，却在指尖滑落，一去不返。

你站在我的面前，看着我的泪，灼热在我冰冷的面颊。你懂的，我的灵魂过于柔软。此刻，在你的眼前，我坚硬的躯壳已层层剥离，疼痛比任何时候都来得尖锐。

你可在乎？还是，你只能不在乎，于是，你转身，不留恋我的哀伤，就这样走出我的视线。你下决心了吧，消失于我的生活。我，在颤抖中明白，这许多年来，你从来就不属于我。

　　我一直在想，有我们这样的朋友吗？我定义不出你在我心中的位置。而你，能吗？那时的高中的岁月，单纯而平静，你温暖的笑容让我在刹那间纯粹了忙乱的思绪。

　　上学路上的偶遇，你在窗口边游离的张望，你等待着只与我的同行，都会不由自主地让我感动。我总是淡然一笑，像晨光一般透明，纯净的面容，溢起一阵涟漪，只是我的心，会淡淡地化开。而你，总是揉乱我的发，我相信，在那刻，自己在你的注视下变得美丽。

　　可我知道，你有一颗为爱痴狂的心。星星，那个有着美丽名字的纯真女孩，让你悄悄地凝视着、陪伴着、守侯着、等待着。你用你特有的方式爱她，你说，只要她和自己最喜欢的人在一起，便是幸福，你就满足了。我想我还是不能理解，在当时我眼中的你的幼稚。

　　我于是不停穿梭于你与星星之间，让你有足够的时间去陪伴星星因为受伤的寂寞灵魂。因为你说过，守在她身边，即使只能注视她，也是快乐的。只是，星星始终没有爱上你，或许，她有的，仅仅只是感激罢了。

　　终于毕业了，我们在如释重负中悄悄地失落。我不知道自己是否爱你，就像我不知道自己究竟想要什么。我有一颗飘飘荡荡的心和一副随波逐流的灵魂。我总在茫茫然中模糊自己的方向。

　　我了解你那颗为爱痴狂的心，爱你，又如何。我不会因此赢得整个世界，也不会因此而失掉整个世界。我浅笑如花，自作多情罢了。你在平静中长久无语。

　　我们的关系在暗夜中飘来荡去，我像一个只能在夜色中生存的精灵，依赖你有意无意的宠爱。也许因为，你是第一个牵我手的男生，第一个给我拥抱的男生，第一个为了我的生日在我家楼下守候了四个小时的男生，第一个让我忘记了吃饭不出门仅仅是你说你要来而在房间里等待了一天的男生。

　　在相处的过程中，甜蜜让人无法呼吸，只是，我们隔着那么近的距离，你还是遥不可及。风总是不会停留的，我拿什么去抓住你，我该拿什么去爱你。

　　与你的分离在无声无息中如期而至。

　　四月的下午，慵懒着我们疲倦的身体和灵魂。你依旧找我，我依旧挽着你温暖的手臂，好像这样可以证明我们在相爱。你一如既往地温柔，你一如既往地宽容，你在漫天飞絮中告诉我，那个你新认识的女孩。你淡淡地说，她喜欢我，我知道。哦，你总是比谁都清楚，对星星，对我，对我不认识的女孩。我不能再故作平静，我怎样告诉自己我不在乎。对你的感情，我熟悉，我明了，我淡然。你跟着酷似星星的背影几条街，你沿着铁路去找寻星星的痕迹，我看着你的执着，如同是自己。现在，你累了吗？我终于哭了，堆积了多少年的泪，滴落在你的脚下，诠释着我不懂爱的无奈。你沉默，你用手捧着我的脸，拭着我止不住的泪。我们相对无语，长久。

在人来人往中，有两个凝固的身影，渐行渐远，交错着的手，终将放开。你抬起头，注视着我的双眼，你还是说了我一直不愿听见的话，"我知道你一直喜欢我，但我不想伤害你，我对你的感情与爱无关，我不想你委屈自己。你对我是重要的，我必须说。"

你终于打破了这多年来的平衡，可你没有看到，我已在你的温柔里迷失。你又说我可以继续爱你，你会待我如昨。你傻，我没有力气，有些事注定不能触及，注定伤痕累累的结局。

选择，总在刹那。你重新的选择，不是星星，是别人。我总是一如既往走不进你的感情你的心灵。听见你的理由，只是她对你太好，只是我的任性。我冷笑，我的深陷成全了我的绝望，我的任性游离着我的寂寞，我随波逐流，我无可奈何。任凭我怎样努力，也无法在你的心里刻一个"爱"字。可我爱你吗，你又爱她吗？

以后的日子，淡淡地流淌。毕业，在平静中降临。

我有了我的选择。以为几年的时间够长，我可以不想你，因为想念是一种无法改变的痛。只是大醉之后，我叫的居然是你的名字，我竟仍然想着给你打电话。爱我的人守在我的身旁，看着我的表演，任凭我的过往烙印在他的心头。我看透他的眼，沉溺是一场永不结束的轮回。于是我明白，不管我是否爱你，都必须承认，你是我生活中一枚不能磨灭的标志。

青春在我们的指尖偷偷滑落，一去不返。我在遥望中看到，爱不再重要，唯一的美丽心情，在天空那一边。那一道彩虹，是青春的轨迹。所有的昨天，都归于此。（佚名）

那 些 爱 过 的 人

校园里，一群群穿着球衣在操场上挥汗如雨的少年，
充满了生命的活力，这些画面经常让她想起他。

她十六岁的时候就已经不顾一切地喜欢上了他。

他打球赛的时候，她在场外大声地为他呐喊助阵。把喉咙喊哑了
还感觉很幸福。

他常常晚自习后送她回家。在她家住宅楼下的电话亭里，两人紧
紧地相拥。他们只是拥抱。她被他身上的柠檬味道深深吸引。

这大概就是爱情的最初体验。

那时，他常用自行车送她回家。她坐在后座上用双手环住他的
腰，脸轻轻地靠在他的后背。他说话的时候会呼出清新的柠檬口气。

这种气息在他的身体上弥漫。

　　她把鼻子靠在他的后背上，发现一直以来，他吸引她的气味就来自这里。她幸福地闭上眼睛。他的球衣单薄而宽松，夜风中有点凉意。

　　这样的幸福，一直持续到了高中毕业。然后他因为家庭原因放弃读大学，去了上海谋生。而她去了广州的一所大学。

　　没有信件往来，没有联系。谁都不知道谁在天涯何处。

　　大学里的她还是忘不了他，多少次在睡梦里，都会看到他穿着球衣在球场上疯跑，汗水把球衣都浸湿透了，整个人汗津津的。她又闻到了他身上阳光健康和朝气蓬勃的柠檬味道。

　　她没有想到，大二刚开学的时候，他寄了一张明信片给她。她激动得流下了眼泪，因为他也还惦记着她啊。

　　他打很多电话给她。他觉得这份爱还有延续的可能，于是每隔不久就从上海飞过广州去和她相会一次。

　　但是，最后他们还是各奔东西。虽然很大部分原因都是误会，但年轻气盛的他们分手已经是事实。他很快娶妻生子，过着平凡世俗的烟火生活。

　　她也在一家中学找了份教师的工作。校园里，一群群穿着球衣在操场上挥汗如雨的少年，充满了生命的活力，这些画面经常让她想起他。

　　她始终忘不了他身上的柠檬味道。忘不了在星星稀少但天空晴朗的夜里，宽大的球衣，温暖的拥抱。

　　她不知道，还会不会找到自己真心喜欢的男人。还会不会有一个男人给她温暖的拥抱。还会不会有一个呼吸时有柠檬清香的男人来拥抱她入怀。

　　很多女孩子的年少时代，都会经历一个在校园操场上穿着球衣奔跑的男孩子，也都会记住曾经爱过的人的气味。

　　只是当青春落幕，球衣褪色，生活像海水一样吞没了我们。

　　那些爱过的人，也就不见了。（佚名）

青 春 里 的 爱 情

年轻的爱，经不起风浪，更经不起一颗自私的心。

青春匆匆走过，既留下了深深的脚印，又刻下了浅浅的伤痕。

爱情是青春里的花朵，总是在每个雨季过后，悄然地开放。

有时候，爱情的甜蜜，招来彩蝶翻飞，招来蜜蜂羡慕，时而沉浸在甜言蜜语里，时而摇曳在淡淡风中。

爱情的伊始，像是草丛中一朵鲜艳盛开的花，在绿色的包围中，是令人艳羡的红。在阳光的普照下，反射的颜色格外的刺眼，醒目。

风吹过，也只是地点点头，微微笑，又一起地展开美丽的笑容。

有时痛苦，脸上却总是欢笑，有时难过，心里却满满的幸福，有时悲伤，手里却是相互的温度。

两个人在一起累了，就相互地鼓励，两个人在一起厌了，就彼此地让对方开心，你的心里是我，我的心里是你。

不在乎街上来来往往的行人，没在意熙熙攘攘的路口，你总是会旁若无人地把她背起来。

她说：放我下来，这么多人，会笑话我们的。

你说：现在我感觉这个世界里，就我们自己。

娇羞的脸上展现出幸福的笑容，紧缩的眉间也开心地舒展。

喜欢在夜里，送你回家，临别时的一个拥抱，将你融入怀中的那一刹那，心里溢出的幸福和快乐，不忍心将你离去。

喜欢在早上，等你一起，无论狂风暴雨，就像一个雕塑，站在那里，直到看到了你的身影，我们一起牵着手离去。

突然的某一天，这朵灿烂的花，经受不住了风雨，经受不住了冷嘲热讽。低下头，看到了彼此的心。

爱情又像是刺猬，把对方抱得太紧，会刺得越痛。

刺痛的不是一个人的心，而是两个人的世界。

她说：你很自私，你的世界里，给我的空间太小。

你说：为了梦想，我可以这么的霸道，我不能放弃梦想，但是我也不能没有你，只是给你的空间少很多。

含着泪，忍着，不让自己哭泣。

说过，我会懂你。只要你告诉我。

说过，我支持你。只要你也支持我。

说过，不分开，可是，你走得太快。

说过，一起完成梦想，可是你只想着你的，而没有我的。

怨恨犹如滔滔的江河，就这么一瞬间地发泄了出来，可能太过爱你，可能陷入你的世界太深。可能我还是会逃不掉你的心，但我这次很想逃。

转身，泪还是会掉下；挥手，心还是那么的疼。

爱情的花朵在风中不停地摇摆，没有方向。累的时候，低下头，看到彼此的心，都是那么痛，该放手？该挽留？

你猛然地抱着她，做最后的挽留，你还是输了，输给了自己倔强的心，为了梦想。

可是，风太大了，吹得这朵花，再也没有抬起头的勇气，她看到了彼此的心，你是你的，她的也是你的。

　　咬着牙，掰开你的手，踏着重重的步伐，离你远去。给你的是一个冷冷的背影。

　　那些誓言，那些曾经，那些美好，那些山盟，那些青春。都随着又一个雨季，随风凋零了、消逝了、暗淡了、模糊了。

　　年轻的爱，经不起风浪，更经不起一颗自私的心。如果这样，爱情的花朵，会很快凋落。在无处安放的流年里，美好的记忆被尘封。
（天墨）

女 孩 的 心 思 你 别 猜

直到她遇到了他，她才明白这种冲动原来是一段美好恋情的前奏，
仿佛已经等了几千年。

十六岁那年，她还在北京舞蹈学院上学。十六岁正是一个少女的
多梦季节，她也不例外。别看她整日穿着一条牛仔裤，一件 T 恤衫，
整日大大咧咧的，仿佛什么也不在乎。可是，她的骨子里却有一种莫
名的冲动，她想大喊，想大哭，想奔跑。直到她遇到了他，她才明白
这种冲动原来是一段美好恋情的前奏，仿佛已经等了几千年。

那一年的元旦，她们舞蹈系与另外一个系搞联欢。舞蹈系的女孩
那可都是万里挑一的。她虽然容貌出众，但是，她不爱刻意打扮自
己。不爱打扮的她洒在百花丛中，仿佛就像是一点水落在了大海里，
很难找到。没有男生邀请她跳舞。

她坐在墙角里，心里有种说不出的悲摧和孤独。

这时候，一位闺密拉着他的手，来到了她的面前。闺密把两个人的手放在了一起，然后抿嘴笑了起来。那一刻，她的脸红了。她羞涩地跟着他，滑入到舞池里，翩翩起舞。这是她第一次与男生跳舞。她感到有点慌、有点晕、有点乱，甚至不敢看他的眼睛。

她感到奇怪。自从那次联谊会之后，她竟然对他有种莫名地渴望。她渴望能够再见到他，渴望他能够主动来找她，她甚至渴望能够再拉一拉他的手，体验一下那种被电的感觉。好在他们彼此留下姓名和联系方式。她相信，只要他也有这种感觉，他就一定会回来找她的。

她有点变了，她开始注重自己的打扮。没人的时候，她一个人在公寓里选衣服。她把自己的衣服一件一件地拿出来，穿在身上，然后，在镜子里孤芳自赏。甚至，从来不化妆的她开始描眉、抹口红。同学们都诧异地看着她，仿佛有点陌生。可是，她是一个我行我素的人，她从来不顾及别人的目光，她只为自己而活，为他而活。**她把自己打扮得漂漂亮亮的，时刻等待着他的到来。**

他没有来找她，始终没有来，她决定主动出击。可是，每次走到男生公寓门口，她就再也挪不动步。她没有勇气踏入那个门槛。也难怪，爱情这个事儿一般都是男生主动，哪有女孩主动出击的呀。她恨他，更恨自己，她决定把他忘却。于是，她又恢复了原来的样子。牛仔裤，T恤衫，大声地说，大声地笑，大声地哭。

事实证明，她的一切努力都是白费。因为，他不仅在她的梦里出现，甚至，在上课的时候，她总感到自己的面前站着一位男生，正对着她盈盈地笑。她要伸手拉他，可是，他又不见了。她不能再骗自己。她再次决定主动出击。

她守候在男生公寓门前的树荫下，等候他的出现。她一连守候了好多天，终于见到了他。他从外面回来。他的身前身后跟了许多男生。可是，她从人群里一眼就认出了他。她走上前，跟他打招呼。他愣了愣，总算想起她。他说："你来找人呀！"她撒了谎，柔声说："我刚好从这里经过。"他笑了，说："要不要到我们公寓里坐坐？"她说："不了，就在这里说说话吧！"于是，他们在附近的草坪里找了一个地方，坐下来。

这是她与他的第一次约会，也是最后一次。那次约会回来，她更加坚定地认为，他就是她要找的男生。甚至，她在心里已经认定他就是自己的老公。当她的心里跳出这种想法的时候，她的脸红了。哪有约会一次就要嫁给人家的女孩呀！再说，人家还没有表白呢！不过，她等不及了，她决定主动表白。

　　这次，她把自己刻意打扮了一番，再次来到男生公寓门前守候。他来了，不过，这次，他的身边还跟着一位女孩。这位女孩就是曾经把他介绍给自己跳舞的闺密。闺密看到她，两个人一起走了过来，便对她说："给你介绍一下，这是我男友！"她听了，禁不住大声啼哭。她一边哭，一边快步离开了他们。闺密怎么喊，她也不回头。他诧异地看着她的背影，问闺密说："你的朋友怎么了？"那一刻，闺密什么都明白了。闺密打了一下他的头，大声说："女孩的心思你别猜！"

　　她叫李小冉。著名影视明星，小品《午夜电话亭》里那个打错电话的女孩。虽然，现在的李小冉已经找到了自己的真爱。但是，多少年后，李小冉做客凤凰卫视，谈起这段初恋，她的眼睛里总是闪烁着无限的甜蜜和幸福。（田野）

通 向 你 的 路 径

我会等你。你来，是我生命的花树绽开；
你不来，我青春里满是雨季的水滴。

那一年，她和他正青涩，一个是十七岁的长发女子，一个是正长
出青胡须的十八岁少年。

他是来青海度假的上海男孩，而她是美丽精致的本土女子，突然
就那样相遇，彼此喜欢了。

在樱花树下，他给她一张小小的粉色字条，上面写着他家的地
址，附有一句话："我会等你。你来，是我生命的花树绽开；你不
来，我青春里满是雨季的水滴。"

那是她读过的最好的情话。

　　然后他回上海读大学，那一年，两人鸿雁传书。很多信，她是在寒冷的冬天趴在床上写的，点着蜡烛。因为初恋，那个冬天并不寒冷。每日黄昏，她去学校门口等着邮递员，等着她的幸福心事。

　　一个少女朦胧的爱情和牵挂，全与上海有关。那张粉色字条，因为有了他的地址而变成珍宝。

　　那是十年前的情景了。

　　十年后，他在上海有自己的公司，有娇妻爱子。但不是她，他们早已断了联系。当年她忽然不再回信，也从没来上海找过他，他痛苦地写信一次次追问，信却全部退了回来，盖着"查无此人"的红章。他想，少时的初恋，只是一段过眼云烟吧！

　·那么漂亮的女孩，学习成绩又如此优秀，肯定考了名牌大学，身边多是优秀男人追求，她怎么还会千里迢迢来找他？

　　虽然时过境迁，可他留着那些旧信。甚至，他常常喝醉酒后读那些旧信，虽没有山盟海誓，可那一字字一句句全是真情啊。如果仔细看，还能看出上面的眼泪，是的，那是她当年的相思泪！

　　十年后的一天，他在青海设立了分公司，亲自去青海剪彩。

　　坐上飞机的刹那，他想起十年前坐火车来青海，想起走时她的眼泪，心里软软地疼着，惆怅不已。

秘书问他，来过青海？他答：不仅仅是来过。

终于找到了她，她也过得很好，嫁了一个中学老师。见面之后，两个人竟然出奇地平静，风过云海，雾散天晴，原来，以为的刻骨铭心，不过是心清心明。

她真是老了，不如以前好看了，脸有些微黑，特别是左侧。

他们一起说着孩子，说着自己过的日子。她在一家造纸厂当工人，并没有上大学。他没问原因，她也没说。

临走时，他忍不住淡淡地问，"当年，我曾给过你一个地址？粉红色的？"

她平静地起身，拉开一个抽屉，拿出一个蓝色的日记本，里面就夹着那张粉色的字条。如天崩地裂，他晃了一晃，他以为她早就忘记了，没想到她如此珍藏着。

"当年，为什么不来找我？"他问。

她半晌无语，不肯回答。他却执意要一个答案。那年他走后，她夜夜给他写信，有一次写累了，睡着了，蜡烛竟然点燃了被子，所有的书都被烧光，她被烧坏了脸。

那年，她高考落榜，只好去一个偏僻山区教小学，后来遇到现在的先生，结婚生子，也与他失去了联系。

"为什么不告诉我?"他责问着。

"因为爱。"她答。

是的，因为爱，因为不想让他承担，她独自一人默默饮着这杯苦酒。总会过来的，看，现在不是很好?

回来的飞机上，他一直握着那张粉色的字条，那是他给她最初的爱情路径，她宁肯错过也不连累他，却又一直珍藏。

空中小姐来收垃圾的时候，他把那张粉色字条放在了里面。他想，如果她知道，她会同意的。

来时的路已经没有，他们再也回不去当初。隔着青春岁月，他们都将那个地址放在心里，在心里，始终有一条通向彼此的路径。（雪小禅）

刻 在 旧 桌 子 上 的 初 吻

但愿你永远也别看到，如果你看到了，我就不会安心地过完下半生了。

上了大学以后，天的颜色好像都变得比以前蓝了。宿舍的窗外是长满银杏树的街道，早上会有好多金色的叶子落在阳台上。

那时候，我十八岁，是一个喜欢银杏树、喜欢蓝裙子、经常坐在阳台上看小说的女孩子。

常常和同伴去外面的超市买950毫升的牛奶和漂亮纸口袋装的话梅，然后一边吃着冰淇淋一边踢着黄叶子走过暮色初起的街。

因为我决意要做一个散淡的人，所以过着无所事事的读书生涯。

我也不知道怎么会注意到他，只是有一段时间，我总会遇见他，

看到他不经意地从我身边走过，或是在同一个场合出现，我都会很
紧张。

坐在图书馆的阅览室，笔直地看过去，又是他！那么一双的闪亮
的眼睛，不怀好意却又那么英俊，我知道男人不应该靠一副脸容取
胜，但我实在是被他的容颜征服。那眼睛，可以看牢一个人，一眨不
眨，黑眼珠的颜色深浓，白眼珠却是残酷，睫毛更有一种羞涩的意
思，他太奇怪了。我喜欢他。

1997 年 4 月 25 日傍晚我坐在阳台上的时候，忽然他从下面经过，
他穿黑色 T 恤，戴一顶鸭舌帽，帽子反着戴，把鸭舌头遮着后脑勺。
他手里抱着一个球，像个小流氓似的悠闲地走向远处的篮球场。我的
蓝裙子被风拂动，我的心惆怅地融化了。

我便跑去蓝球场，远远地看着他与别人打球。他们都是男生，有
几个人注意到我了，便互相转告，大家都看我，他也几次回过身来，
但是他没有表情。

他们并没有起哄，只是认真地打球，我突然觉得自己又土又傻，
便走了。

我决定忘记他。但是转眼机缘又来了，开运动会时，我又看见黑

色 T 恤的他，他反戴的帽子，小流氓似的走路姿势，淡漠的神情。那一天，我和好朋友一起走，我告诉好朋友哪个男生我喜欢。

她了看他，对我说："看起来不像好人吧。"我说："对。"我们尾随他到了他们班的位置，我这下看清楚，他是计算机系的，比我高一年级。

从那以后，我时常修习自己的言行举止，立志做到不论何时遇见他，都要他看到一个完美的我。我还设想很多与他相遇的方式，比如我抱着书从教室里出来，他一下子撞到我；或者某天穿一条美丽的裙子，他注意到我；或者，他的篮球滚落在我的脚旁……

但是我设想的事情都没有发生。真正的相遇很简单。那天我在图书馆又看到他，我们俩，只隔着一张木桌，我便写了字条，而且也没有任何修辞，只是写上我的名字，说想和他交往。我不敢看他，把头低在书上。然后，当我抬起头来，发现他已经走了，当时我真是好后悔，被拒绝的滋味有一刻甚至想自杀，我便扶在桌上，想哭又哭不出。

到很晚，我才走，整个人像被雨淋湿了，无比的颓丧。然而，当我走到大门口时，我看见他正坐在台阶上，他转过身，看到我，笑了，说："笨蛋！"我惊喜得差点跳起来，然后他牵起我的手，把我送到宿舍门口，然后他向我要我的图书证，把里面的一寸照片撕下来，放进自己的口袋里，就走了。

我们在约会，我特意穿上为了见他才买的新裙子，我想他一定也感觉到我这么隆重的出场是为了什么。他笑了笑。我没走到很远的地方，回来时他把我提到过的东西，比如侦探小说，他的照片，张楚的歌，全都拿给我。

紧接着我们系去承德考察，我便日日夜夜思念他。去到陌生的城市，看到好的东西都想买给他，觉得每一首情歌都是在描述我们。买了好吃的无花果，这种外表丑陋却无比甜蜜的小果实，有许多细小的籽粒，我回来时，和他一起去看电影，就吃无花果，吃得两个人又快乐又难受，这便是初恋的滋味吧。

回来的路上，走过一棵大槐树下，我们互望对方，他的眼神看起来又不怀好意了，但是我忽然笑起来，想到两个人满嘴无花果籽粒，怎么能够接吻呢，我便转过头去。

我问他："你爱我吗?"他说："不知道，不清楚。"他只是用眼睛看着我，笑了笑。后来有一天，他找到我对我说，他原来的女朋友回来了，他和她在一起。当时我站在他面前，并没有像电影里的女孩子那样优雅地给他一巴掌，我气得抓起地上的石头打他。他的胸口中招，但是没说一句话，只是沉默地走了，倒是我哭哭啼啼地受了很多伤。

我又恢复到散淡的读书生涯里去。他再没有让我见到他，是啊，还有什么见面的必要呢？像他这样的人，我应该有所预感的，他怎么一生只有一个女孩？而我需要的是温厚持久的爱情，与他能给我的恰恰相反。那天下午我坐在阳台上看书，忽然流下泪来，时间过得很快，他毕业了。

正是毕业生离校的日子，宿舍里很乱，有些人在哭，有些人吃东西，有些人去上自习。就在那个晚上，他忽然出现，那晚我们寝室只剩下我一个人，他推门便进来了，一句话也没说，就把我拎了出去。

我们走到电影院的那棵槐树下，他一把将我推倒在树干上，我没有挣扎，只是轻轻闭上眼睛，问他一句："你爱我吗？"那时我才发现，其实我一直很不争气地爱着他。他的呼吸喷在我脸上，近在咫尺，却忽然远去。他放开了我，没有回答我的问题，只是对我说了一句："笨蛋！"这次之后我想我是死心了，我忽然会聪明地分析起我和他的关系了——我只不过是他寂寞时候的一个玩具，他对我只不过是戏弄戏弄。这样想着，我也到了毕业的时候，我有了男朋友，是校长的儿子，因为他喜欢我，而他爸喜欢他，所以我们都留了校，并且很快要结婚，住进那四室两厅有花园的小楼里。

但是我无法控制自己，我辗转打听他的消息，趁我出差的时候，就去了他的家乡。

我按照打听来的地址，来到他的单位，他看到我，冲我笑了笑，他从办公室走出来，阳光洒了一肩，我们只是无话可说，他最后带我到他家里吃饭。

他已经结婚了，生活很好很平淡。他妻子显然不知道我与他的从前，待我很热情。吃完饭，我该走了，可是，多年前我想到的一句话和一个吻，却始终未得到。

走时候我是很执拗的，我让他送我。走在路上，我仍然问了当年同样的问题，"你到底爱不爱我？"他始终没有作声。

我们就这样很淡地分别了。回去后，我开始张罗结婚的事。

人们说，大多数人的初恋都是失败的，我也不过是个平凡的人，又怎么会幸免呢？

这是二〇〇〇年三月，一个春天的下午，学校大扫除，我经过教室的时候，一年级的同学突然大声叫我，他们把我拉到一张旧书桌前，那是一张很旧很旧的木书桌，放在教室最后一排，已经被蛀虫咬得酥散了，可是那上面的字却依然清晰，我看到了我的名字和一些歪歪扭扭的字迹：但愿你永远也别看到，如果你看到了，我就不会安心地过完下半生了。我爱你。我怎么会不爱你呢。我只是很后悔自己做错了事，它带来惩罚就是让我永远不能去吻我真正爱的人，也不能与她生活在一起。

后面，有一个大大的唇印，印在另一张红色圆珠笔画的唇印上。

同学们鼓起掌来，我在孩子的善意里也笑了，"这是谁的恶作剧呀。"我说。但是转身却流下了眼泪。（榛生）

十 年 茉 莉 香

她把一袋子新鲜的茉莉花倒在他的手里，
对他说：这是十年后的茉莉花，和当初一样芬芳美丽。

十七岁的时候，他爱上了隔壁班的女孩，那个美丽而又才华横溢的女孩。第一次看她在校刊上的文章他就动了心了，于是一行行抄下来，因为喜欢，就愿意在她路过的道口，在她去的阅读室里偷偷地看她。其实，她是注意到他的，这样出色的男生，常常要被女生们议论的呢——他高高帅帅的，学习好！

目光交错的瞬间，他望过去，然后轻轻地问：可不可以喜欢你？女孩没有回答，而是从包里掏出一捧茉莉花，白色的茉莉花散发着清香，然后对他说：张开手。他轻轻地把手张开，女孩把那一捧花放在他的掌心，然后转身跑了。

　　一年后，他们考上了大学。他在南，她在北。

　　她问：茉莉花可还在？他答：在啊，四年之后我要带着这些美丽的茉莉花来向你求婚。鸿雁传书之间，他们爱得浓情蜜意。毕业那年，她在北京租了房子，然后对他说：毕业后来北京吧，我们一起为我们的爱情筑个巢。万没料到的是，他说：不了，我觉得上海挺好，不如，我们散了吧。她隔着长长的电话线说：要不我去上海也行。而他说：这不是上海北京的问题，而是爱不在了。她的心凉下去了，放电话之前就说了一句话：把我的东西还给我吧。她指的是那包茉莉花。几天后，她再打电话过去：把我的茉莉花还给我。他说：留着做个纪念吧。

　　五年后，她做到一个公司的副总，屋子里总是种着很多盆的茉莉花。有一次她负责招聘员工，一个应聘者进来说：我在上海打工的时候，我的一个同事也爱种茉莉花，满屋子的清香。她的心动了一下。

　　结束的时候她随便问了一下：那个男人，叫什么名字。应聘的男人说了三个字，她待在那里。正发愣，应聘的男人又说，不过他是盲人，他说过，眼睛看不到，如果再闻不到茉莉花的清香，这人生就没有趣味了啊！

　　她几乎昏厥，那个男的说，那个男人五年前失明，学了盲文，在那家公司做速记。她只觉得天昏地暗，自以为的绝情绝义原来是他的不忍。

坐上飞往上海的飞机时,她用香袋装满了茉莉花。见到他的那一瞬间,她安静地站了好半天,说好了不哭的,但眼泪还是流了满面。

他嗅到空气中的花香,轻轻地问:请问是谁带来了茉莉花?她走到他面前,然后轻轻地说:把手打开。他一下子愣住了,好久,几乎是颤抖着把手打开,她把一袋子新鲜的茉莉花倒在他的手里,对他说:这是十年后的茉莉花,和当初一样芬芳美丽。他的泪,落在茉莉花上,那些茉莉花因为泪的滋润更加美丽生动。她拉过他的手:我是否还能成为你心里最美丽的那朵茉莉花?

他小心地拥她入怀,说:那朵茉莉花在我心里已经开了十年了,而且她一直是最美丽的那朵!(烟花逃雨)

少 年 樱 花

他觉得自己是这样的爱她。也许用一生的时间都爱不够。

　　她是他爱过的第一个女孩，在十七岁的少年时。

　　放学后穿越大半个城市，等在她的校门口送她回家。

　　周末的时候，一起去看场电影，黑暗中把她柔软的手指，轻轻地放在自己的手心里面。这种清澈而甜蜜的心情，是生命成长的时候，最初的体验。

　　那是春天的夜晚，他记得。

　　送她回家的路上，两个人走在淡淡的月光下，一路都能听到樱花在风中飘落的声音。小路两旁的樱花树，开出粉白浓密的花朵，簇拥在一起，每当风吹过，就好像落下一树的雨水。

　　在她家的楼梯下面，她站在阴影中微笑地看他，漆黑的眼睛，明亮得让他无法直视。伸出手，轻轻地把她的眼睛合上，然后俯下头亲吻她。她的头发上都是细碎的柔软花瓣，散发着清香。

　　他突然觉得自己的眼睛里有温暖的眼泪。

　　那一瞬间的幸福。

　　他们在一起很长时间。高中毕业，他去了北方读大学，她依然留在南方的城市里。

　　很多的信，偶尔的电话，很少的见面。每次假期一到，他就急忙着买火车票往家里赶，有时候买不到座位票，就挤在闷热肮脏的车厢里站上二十多个小时。累得发困的时候，在朦胧中看到的都是夜风中的粉白樱花，一片一片，无声地飘落下来。

　　他觉得自己是这样的爱她。也许用一生的时间都爱不够。

　　我会对你好的。这句诺言他一直放在心里，但情缘错落，他们的路还是走到了尽头。

　　分手的时候，明知道彼此有很多误解，但年轻气盛的他，还是固执地一去就不再回头。他离开了南方自己的家乡，到了另一个阳光充沛的城市。

　　他有了工作，然后有了新的生活，直到在那里遇到一个美丽的女孩，买了一枚戒指和她订下了誓盟。

　　生活很知足平静。每天早晨，他开着车先送孩子上学，送妻子上班，然后再独自开车去自己的公司。春天的异乡城市，马路两旁也有缠绵的樱花树。一串串粉白的花朵簇拥在一起，当风吹过，就有无数柔软细碎的花瓣旋转着飘落，粘在他的车窗玻璃上。

　　像很多行残缺的雨滴。

　　突然地，就想起一张十多年前的脸。她的脸。在南方潮湿的夜色中，在楼梯寂静的阴影里。漆黑的眼睛，明亮得无法直视。还有黑暗中她的嘴唇，他亲吻过的纯洁的伤口。这样的深，再也抚摩不出痕迹。

　　不知道她是否依然在那个南方城市里。也许仍会有男人对她说，我会对你好的。但她的幸福已经和他无关。

　　每个男人的最初，都会有一个樱花般的女子，飘落在生命里，注定颓败。（安妮宝贝）

最 美 的 爱 情 ， 我 们 自 己 却 看 不 到

有时候，最美最美的爱情，我们往往看不到，因为它被心灵珍藏着，
我们自己都无法把它展开。

六年前，她在一家电台主持夜间热线节目，节目有一个很好听的
名字——相约到黎明。那时，她只有二十三岁，年轻漂亮，青春逼
人。每天清晨，她从电台的石阶上走下来，然后就在二十八路车
的站台上等车。

很多次他和她都在这里相遇。那年，他刚刚来到这个城市，他是
她忠实的听众。最初打动他的是她的声音，闪电一般击中了他孤独的
内心。

二十八路车的第一班车总在清晨的六点三十分开来。他选了她后
排的一个位子，他默默地看着她，就像听她的节目。

对此，她却一无所知。她的男朋友刚去日本，男朋友二十四岁，一表人才，在一家日资公司做策划，能说一口流利的日语和韩语。他去日本时，她送他，飞机从虹桥机场起飞，然后在天空中变得像一只放在橱窗里的模型，呼啸的声音还残留在她的耳边，她才把抑制了许久的泪水释放了。她不想让他看见她的脆弱，却有一种只有自己才能体会的痛。

这是她第一次爱情中的分别……她得恪守着自己的诺言，她对他说："不管你什么时候回来，我都会等你……"她不是那种爱许诺的人。因为她真的很爱他才说了这句话。她不需要他对她承诺什么，既然爱一个人，就应该给他最大的空间和自由。

二十八路早班车从城市的中心穿过，停停走走。她下了车，他也下了车，他看到她走进一栋二十层的大厦，然后看到第十一层楼的一扇窗粉红色的窗帘拉开了，她的影子晃过。

他想，那些初升的阳光此时已透过她的窗户，然后落在她的脸上，一片绯红。

有一天，他拨通了她的热线电话。他问她：我很爱一个女孩子，但我并不知道她是否喜欢我，我该怎么办？她的答案就通过电波传到他的耳际：告诉她。爱不能错过。

第二天清晨，28路车的站台上，他早早地出现在那里。她从电台的石阶上走下来，他又坐在她的后排。车又在那栋二十层的大厦前停了下来。他跟着她下了车，但还是眼睁睁地看着她进了大门。因为没有说话的理由，没有戏剧化的情节。他是那种很谨慎的男孩。他不想让她认为他很鲁莽。

终于有一天，车晚点了。后来他们才知道车在路上出了点故障。那时已是冬天，她在站台上等车，有点焦急。因为风大，她穿得很单薄，她走过来问他：几点了？他告诉了她准确的时间。站台上只有他们俩。她哈着寒气。他对她说：我很喜欢你主持的节目。她就笑：真的？他说：真的，听你的节目已有一年了。他还说：我问过你一个问题的，但你不会记得。于是他就说了那个问题。她说：原来是你。就问他：后来你有没有告诉那个人呢？他摇摇头说：怕拒绝。她又说：不问，你怎么会知道呢？她还告诉他：我的男朋友追我时，也像你一样。后来他对我说了，我就答应了。现在他去了日本，三年后他就回来……

车来了，乘客也多了。在老地方，她下了车，这次他却没有下，心中的寒冷比冬天还深。

故事好像就这样该结束了。但在次年春天的一个午后，她答应他去一家叫"惊鸿"的茶坊。因为他说他要离开这个城市，很想和她聊聊，聊完之后，他就会遗忘这个城市。她觉得这个男孩子满腹心思，有点痴情有点可爱，只是她怎么也没有想到他会说他爱的人是她。她确实惊呆了，但还是没有接受。她说：不可能的，因为我对男朋友说过，不管他什么时候回来，我都会等他……我们是没有可能的。他并没有觉得伤心。很久以前他就知道会有这样的结局。"我走了，爱情留在这个城市里。"他说。

午后，冬天的阳光暖暖地洒在大街上，他像一滴水一样在人群中消失了。

爱情有时候就是这样：相遇了，是缘；散了，也是缘，只是浅了。她继续做她的热线节目。

她的男朋友终于回国了，带着一位韩国济洲岛上的女孩。他约她出来，在曾经常见的地方。他神不守舍地说了一些不着边际的话。"我想和你说一件事……"他终于说。无奈的荒凉在那一刻迅速蔓延，像潮水一样，她只恨到现在才知道。痴心付诸流水，只是太晚了。覆水难收。

她请了一段时间的假，待在家里，只是睡，太疲倦了。一起走过的大街，看过的街景，说过的话……爱过、疼过的故事都淡了。

她心如止水地上班去。

其实，他并没有离开这个城市，只是不再乘 28 路车。他依旧听她的热线，是她最忠实的听众，甚至于有点迷恋从前的那种绝望。

有近一个星期，他没有听到她的声音，以为她出差了，或举行婚礼了……有些牵挂。

三年后，一个很偶然的机会，他读到她的一本自传——《晚上醒着的女人》。

书中写了她失败的初恋；也写了一个很像他的男孩，还有那家叫"惊鸿"的茶坊……那时他结婚刚一年，妻子是他的同事，一个很听话的女孩。

有时候，最美最美的爱情，我们往往看不到，因为它被心灵珍藏着，我们自己都无法把它展开。　（YUKI）

心 动

就像他们少年的时候，他躺在阳台上，看着天空，想着她。

临上飞机的时候，他递给她一个盒子，是送给她的礼物。

在机舱里，她打开盒子，里面有一张卡片和一堆照片。

卡片上写着，这些是我想你的日子。那些照片上是一天又一天的天空，清晨的，黄昏的，晴朗的，阴郁的。每张后面都写着日期，某年某月某日。

就像他们少年的时候，他躺在阳台上，看着天空，想着她。

十七岁。她家后面的那条巷子，他靠在墙上等她。

他还在读书，没有什么钱。除了看电影，只能在街上闲逛。深夜的时候站在街头，等着最后一班公交车。

　　她怕冷。她总是笑着对他说，好冷。他敞开夹克，把她冰凉的手放进去，然后把她的脸，把她的身体都放进去，放在他温暖的怀抱里。她轻轻地对他说，我们就这样一直站到天亮好不好？他说，好。

　　然后有一天，他们对彼此的父母撒了谎，准备坐船去一个海岛看日出。他们渴望能整个晚上在一起。

　　甜蜜的气味，纯真的缠绵。相拥着看到夜空中的曙光出现。

　　她对他说，这是我第一次和别人一起直到天亮，结婚是不是就是这样？他没有说话，只是抱着她，轻轻亲吻她的头发。

　　后来，父母的反对，年轻的误会，终于在一次争执中，她对他说，你既然这样我们就分手好了。他也很生气。他说，分手就分手。

　　就这样轻率地分手了，一晃就是五年。

　　他没有考上大学。他不是读书的料，他只喜欢音乐和吉他。

　　他跑到外地去找工作，做了导游。她常常在外面四处漂泊。然后有一次在机场，偶然地就碰到了。

　　一起去喝酒。他让她摸他的胡子，他说他老了。深夜走到街头，还是寒冷的冬夜。她笑着对他说，好冷。

　　他慢慢地把大衣解开来，把她冰凉的手放进去，然后把她的脸，把她的身体都放进去，他的怀抱还是一样的温暖。原来爱情的花朵开了又谢，谢了又开，清香的气息却一直藏在心底。

　　然后他告诉她，他已经结婚了。
　　她又回到了自己的城市，继续自己的生活。

　　生活又开始继续。他做着他的导游，她在酒吧和别人狂欢。
　　她依然写信给他，告诉他她出去时在飞机上的寂寞，告诉他她很怀念老家后面的那条小巷子。黑暗的小巷，他等在暗淡的路灯下，她一直记得他的样子。头发遮住了眼睛，英俊而沉郁的脸。总是沉默无语，却有那样深情的眼神，还有他怀抱里的气息。但是他们的一生不会再在一起。

　　她去他的城市看他的时候，坐在角落里看他在酒吧的舞台上弹吉他。他已经是很大的男人了，脸上有了沧桑的轮廓。可是在她的眼里，还是十七岁时在街头偶遇的少年。她终于能在黑暗中对他吹出一声响亮的口哨，身边一个女人笑着对她说，他很帅对不对？她说，对。
　　然后这个女人轻轻地说，今年夏天我们打算结婚。

曾经爱过。

年少的岁月。（安妮宝贝）

曾 经 少 年

有些爱，会永远留在心底。它们不能用语言去形容，不会随时间而变色。
我能做到的最好，就是问一句，好久不见，你还好吗？
这个句子里所包含的是一种承诺，他们要对方承诺，也承诺对方，
要好好的，好好地生活。

　　她曾经是个漂亮的女孩子，出生在一个小小的乡村，读着一个小
小的学校。她曾经有过两段感情，每一段都刻骨铭心。如今她是一位
中年的妇人，嫁的却并不是那两个男人中的任意一个。

　　有一天，她看着从一本旧书里掉出来的明信片，淡淡地说了一
句，"啊，好久不见。"原来，我们，都曾经年少。

　　她上高中的时候，是个默默无闻的女生。直到期中考试，大家才
都来了班门口观看，原来那个就是在文科班考了第一的学生啊。他不
屑一顾地抬起了头，撇了撇嘴，说了句"有什么了不起的"。从人潮
拥挤的门口走了出去。却深深地记住了那个女孩的模样。以后的每

个早晨，她都能看见他在她上学必经的路上出现，有时候她不禁回头多看了几眼，他便将脸侧开，看向道路的两旁，她抿嘴一笑。如此，情愫暗生。那个时候，市面上还没有卖很多成本的诗集，她偏偏爱极了各种诗歌，经常在书的扉页上写下一句挽歌。

有一天，她早上又像往常一样，来到学校早读，坐在座位上，往座位里一摸，一本手抄的诗集册静静地放在里面。她拿出来，喊了声，"谁的册子放在我的座位里面了？"只见他双颊一红，从凳子上噌地跳了起来。

"我的，放错了，给我。"说着便粗暴地夺走。她这才恍然大悟，这是他为她特意抄的。

"我，我能借来看看吗？"她小声地问他。

"当然可以了。"他把书递了出去，这一递一接，手指相碰的瞬间，脸红心跳，少年的心事，柔波般荡漾。

第二天，他打开还回来的册子，一张方帕静静地放在里面。

转眼间，高中的三年就这样过去了，他们仍旧用各种各样简单的方式，彼此传情达意。直到有一天，她说："我一定要考去北京才行，家里就只有我一个学生，哥哥姐姐都辍了学，只为供我念书，我不能让他们失望。"

他的沉默，如夏天闷热的蒸气，让她想哭，却又只能哽在喉咙里面。窒息，大概就是这种感觉。

分别的时候是毕业典礼，她哭得特别的厉害，他站在操场的一个角落里，直到有人叫他去拍毕业照，他转过身，伸手抹掉了脸上的泪水，又如往常一样，大步地回到了同学中间。

这一别，便是二十载有余。

她的第二段感情，是和一个朝鲜族的男孩子，是她在外地教书的时候认识的。她记得那一年的冬天，特别的冷，他们相识、相恋，到分开，整整四个年头，耗尽了她所有青春的热情。

她记得，有一次他带她回家吃饭，朝鲜族的家庭到了冬天会腌上很多咸菜，一个比一个辣。晚饭的时候他妈妈整整挑了十四碟小菜，在她跟前摆了一桌子，用不怎么太流利的中文招呼她吃饭。她只吃了两口，就辣得眼泪都出来了，他问她要不要紧，她连连答道："不碍事，很好吃。辣的一定要吃习惯，要不以后怎么给你做饭。"他妈妈的眼睛微微湿润，立即跳下地去说："你们吃着，我再炒两个不辣的菜去。"

这段感情结束在他研究生毕业的那个冬季，她的家里不同意她嫁给一个朝鲜族人，更不同意女儿为了那个男人而一辈子留在那座小城。他一气之下独自去了日本。

这一别，便又是二十年。

后来，她嫁了一个温柔的男人，面对这个男人她并没有太多心跳的感觉。但是这个男人会在冬天里给他弄好暖水袋，会在她回家的时候给她做好饭，会在寒风中用外套把她裹起来。这个男人想起还未过门的她，对想要带他出国深造的导师摇了摇头，说我不想去。

很多年后的一些日子里，她还是会经常听到当年那两个人的消息。第一个他在离她不远一座城市里，娶了一个南方的姑娘。他们结婚的时候，他给她电话，他说："她就是想听听你的声音，看看究竟什么样的人让我多年都不曾忘怀。"她在电话这头咯咯地笑，听着一个操着吴侬软语的女孩子甜甜地叫了声姐姐。

她笑了，无声地，真心的，嘴角自然地上翘到最美的位置。

第二个他也给她写过很多的信，每一封都仍旧如当年那般深情。开始，她只是悉心地把信收好，并不作回复。

终于，有一天，当她看见那张发黄的明信片从书里掉出来的时候，她提起笔写下了一句："好久不见，你还好吗？"

好久不见，你还好吗？当年的缠缠绵绵终是都化成了这样一句简单的问候。她后来也曾带着丈夫和孩子去和以前的那两个他聚会。见面的时候她都只是问一句："好久不见，你还好吗？"他们都回答，"挺好，挺好的。"他们谁都不谈过去，只说现在。

我不解，我问她，当年那么深刻的爱情，难道真的随着时间的流逝而变了味道？你的心里难道就没有一点留念吗？

她说："有些爱，会永远留在心底。它们不能用语言去形容，不会随时间而变色。我能做到的最好，就是问一句，好久不见，你还好吗？这个句子里所包含的是一种承诺，他们要对方承诺，也承诺对方，要好好地，好好地生活。"

这个她是我的母亲。她说她不后悔嫁给了父亲，即使她没有那样深切地爱过他，她对他的爱是简单的，却是深沉的。而她对他们的爱，她说，是曾经年少的热情和执着。

好久不见，你还好吗？
我们都曾经年少。（函砂）

盛 开 在 少 年 路 上

蓦然回首，曾经以为模糊的少年的影子，又一次清晰的脸，
才发现丢舍不掉的人，一直刻骨铭心。

　　不经意提起的往事，在这个寒冬腊月，愈演愈烈。一些被岁月堆
积，被时间搁浅的记忆，成了一个个的故事，在往事里。蓦然回首，
曾经以为模糊的少年的影子，又一次清晰的脸，才发现丢舍不掉的
人，一直刻骨铭心；可是，今生，再不能回首；如同雪地里的脚印终
将被覆盖，或者融化在泥泞的路上一样，我们只能默默接受着一点一
滴揉碎在成长的路上，在年华盛开时，在漫漫记忆的长河里……

　　她的十五岁，和很多同龄的孩子一样，喜欢坐在走廊上，对着
书，做着遥不可及的梦；喜欢在学校的某个角落，偷偷地看着心仪的
男生；喜欢上课的时候发呆，喜欢对着小说喜怒哀乐。

　　然而，不知道从什么时候开始，心里的某人被同学流传在课间，谈笑在耳后时，谢小米的心开始疼痛，开始封闭，开始筑起了长长的思念……

　　爱情的种子萌芽时，少年的心亦是冲动又害怕。

　　那是一个新的学期，当夏日强烈的光还在树叶之间闪烁，注定下节课又该是一场热闹非凡的体育比赛时，在语文课下课，老师宣布："下节体育在室内上，因为是个新来的男教师，叫韩一，才分配到学校，请同学们尊重一下！"只见同学之间哗然一声之后，便"痛苦"地相互看着，相互地猜疑：新来的韩老师是否年轻帅气，是否彬彬有礼，是否幽默诙谐？带着猜疑，带着初次见面的新鲜感，体育课如是来到。

　　体育老师进来时，一片安静；只见他中等身高，皮肤很白，一身短打上场，左手的手腕带着一枚手表，面带微笑，健康外向的样子；待他自我介绍完毕，同学们便开始骚动起来，韩老师并没有将教室里一小股的声音制止，而是问大家有没有兴趣听听他上大学的趣事，比如练武术时经常蹲马步，还有择业的时候被香港××选中去做保安，因为害怕像古惑仔一样就没去……这样的开始，便再没有一个同学怕他，甚至有人把他当作哥们儿似的，在以后的学习生活中，欢呼雀跃着。只有小米在他一进教室时就有不一样的感觉，一直伴随在心里，伴随在他上的每节课上。

最初的小米是很活泼、开朗的，整天嘻嘻哈哈。直到韩老师的出现，所有一切都不一样了。每每体育课，她会想尽办法让体育老师知道她的存在，排队时，她争第一个，要跑步时，尽量跑得最快，或者干脆找碴儿不跑……

那一天十五岁的她第一次知道了什么叫情窦初开，知道了什么叫心有所属。天气温暖如初，一圈跑下来，有些微微的热，终于消停下来；韩老师又说：将上次教的武术，找人示范一下。四排队伍，面向他站，小米正好是第一排中间偏右一个，韩老师站在离小米不远处。小米的思绪在游离中，迷迷糊糊，被拉起的右手，吓得缩了回来。正当小米看向韩老师时，韩老师愣愣地说："那我找其他同学示范了。"她才有意识地举起那只缩回的手。此后，小米再没有办法忘记这节课，再没有办法忘记那句话，有意无意，都已深深烙在了她的心房，不曾走开。

她喜欢体育老师，这个话题很快在同学之间传开。她一天一天收起了自己的心事，开始和班里比较好的同学疏远，开始静静地待在自己的世界里……之后的每节体育课，她都没办法热闹在其中，她只想在韩老师身后，默默注视着。

　　也许，她觉得，等毕业就会好的。因为崇拜才会有好感，因为有好感才会觉得喜欢。其实在毕业很多年后，她和同学夏琴在公园见面，那时天色接近黄昏，多年后的同学的脸，竟然真的像在书上看到的有些画面一样，褪去了天真的脸，在夕阳的映衬下竟多了几分忧郁。夏琴惊讶于小米的变化，谈起年少时的事情，不免显得苍白无力。

　　曾经夏琴喜欢班上的班长李翔，这个事情大家都是知道的；于是她们各自为对方捡了一块石子说：如果这是韩老师，如果这是李翔，你愿意丢掉吗？这个黄昏是忧伤又深沉的，因为若干年之后的她们都不曾丢弃彼此的石子，丢弃心里的那个人。终于这枚石子被夏小米放在了她心爱的漂流瓶里面，每一次想起韩老师时，她依然会用小字条写上一句话，折成小星星放进去……

　　到了工作的年龄，小米依然是孤身一人，曾经也有人追求她，也总是以她现在还不想恋爱为由，打发过去。直到那天，她听见了对面母校传来的哨子声，再没有止住思念，再没有办法克制住……（寒叶的时间）

致 青 春 爱 情

这段关于你的爱情，埋藏于心底，是我们最值得珍惜的美好回忆，
无论光阴荏苒，岁月如梭，我们都是最美好的模样。

无意今天看了看日历，一转眼，才反应过来，我们大学毕业已经
四年了，四年弹指间过去，还未曾回顾，青春早已被现实所消磨，不
知不觉已要步入谈婚论嫁准备成家的年龄，四年间的时光，远在他方
的你又可曾安好？

也许是和你成为朋友的时间太久，连见面打招呼都充满玩笑，其
实想想，这样挺好，至少我们的开场白不会太尴尬，这样的简单或许
是最好，也是我们最想看到的。

今天收到你结婚的请帖，四年前的许许多多浮现在脑海中，那时
的我们骑着自行车，你一袭白裙，坐在我的车后，在校园林荫里穿

梭；可是谁也不承想到，今天的你已成为美丽的新娘，那个原来天天缠着别人要东西吃的单纯女孩，今天也将要组建自己的家庭，我怎么也想象不出你穿婚纱的样子，更想象不出你的新郎会是认识了仅三个月的人，我们毕竟认识了四年，足足的四年。

　　依稀记得，刚和你认识的时候，你就像个小妹妹，那样单纯，那样清秀，那张没有被岁月侵蚀的脸庞，诉说着青春、活力和激昂。

　　也许我就是在那个时候爱上了你，也许你一点也没发现，因为你总把我当哥们儿，什么事情都愿意和我分享，和我疯，和我闹；我猜，其实我的心思你都懂，不然又怎会在我要说什么的时候，一语击中我的思路，每次你都猜中，每次都问你原因，你却说那是因为你太了解我，我太简单，太傻。

　　我总装作说是我太傻，其实每次都会在你猜的时候给你提示；不是你太了解我，而是我愿意在你面前表现得笨拙，好让你能慢慢地了解我，我想也许终会有一天，你会发现我的目的，会慢慢知道，我是一直陪在你身边愿意一辈子对你好的那个人。

　　我曾一度以为，也许你不是我想要的那个人，我也有更好的值得我去追求、去爱、去疯狂。我也曾有过短暂美好的浪漫，可是每当我和那个她在一起时，却总有错觉以为是你陪在我的身边，你的影子太强烈，我总也逃不出去。记得还是大一新生的时候，我总是开玩笑地对你说，要是今后没人要你了，你就凑合和我一起吧，你说好。我当真了，一直等你，陪着你，你却真的开玩笑了，一直都说我在逗你开心，可是这个玩笑真的就这么一直继续了四年。傻子都能看出来，我是真的动了情，四年来一直都在给你暗示，不然怎会将这个蹩脚的玩笑开了四年？可是你是真的太天真了吗，还是你其实只想维持这一份美好，也许是我太傻了。

　　每当和你聊天，总有和你聊不完的话题，总会有一种莫名的快乐，填满心底，听你诉说一天的经历，听你说好玩的事情，你似乎总是活力无限，你似乎总有力量吸引我，让我不得分心，有时候会止不住地想告诉你我此刻的心情，告诉你我真的对你动了感情，可是，却在你的面前，欲言又止。无言的爱，我偏不敢说。

　　其实，不是我要刻意压在我的心底，而是因为我想，也许毕业后，各奔东西，我们将会飘到何处，在哪里落脚，都是未知数。我实在不忍去做伤害你的事情，不愿意上演毕业时分手的苦情剧，我知道，将我的爱藏于心底，这便是最好爱你的方式，最纯洁的爱情，可以让它在青春里生根发芽，永远是青春最美丽的样子，而不必遭受现实的摧残。

　　还记得我第一次失恋的时候，是你第一个打电话过来给我精神的安慰，给我鼓励，是你每天的鼓励让我走出那些灰色般的日子；第一次你告诉我你恋爱了，我心中一惊，发觉你已成长，小妹妹不再是那个傻傻的女孩儿，你告诉我你很幸福，有人可以天天围着你转，看着你甜蜜，我竟然也感到幸福。

　　这一次，你告诉我结婚的消息，我知道，你是真的需要一个依靠的港湾了，你也是一个需要被爱的女子，过着平淡简朴的生活，这些我都能做到，但却不是我。

　　我曾在想，如果和你在一起，也许不会有这些让自己伤心的事情发生，不会有思念你时的痛苦，不会因为没有你的消息时的着急与担忧，更不会有许多关于你的惆怅和失落。

　　毕业后我也曾想过去你的城市找你，抓住一次最后的机会，可是事实是，我始终没有迈出那一步，我始终还是不想破坏这一份纯真的友谊抑或爱情，破坏这样的宁静。因为至少我们可以做朋友，可以无话不谈，可以毫无避讳，不用掩饰自己，展现在对方的始终是最真实的自己；因为看你幸福，无论和谁，看见你快乐，便是我所知的最美好的爱。

今天的你我都已成长，不再幼稚，不再幻想，不再认为谁是谁的唯一，不再为了谁而轻易流泪，经历时光的洗礼，我们更加成熟，更加懂得什么是生命中更为珍贵的东西。我们庆幸毕业时我们还是一如当初那样亲密，没有毕业的分手，伤心与失落；我们还是一如当初一样可以关心彼此，这已足够，青春的绚丽之花永不凋谢。

又到了六月毕业的时刻，校园的林荫路，恍惚间，仿佛还能看见那时我们青春的倩影，那里曾青春飞扬；在图书馆门前穿着学士服留影的毕业生们，留下青春的最极致的美丽，那些年轻的笑脸，镌刻着的是对未来无限的期冀。

我们都曾度过那些最美好的青春时光，和你，和他，和她，和他们都是人生最美丽的回忆。人生的路还有很长要走，人生还有很多志同道合的人做伴，我们其实并不孤独。

有人说，青春的回忆总会夹杂着青涩而甜蜜的爱情，这段关于你的爱情，埋藏于心底，是我们最值得珍惜的美好回忆，无论光阴荏苒，岁月如梭，我们都是最美好的模样。（佚名）

图书在版编目（CIP）数据

你还在故事发生的那天不肯走 / 万诗语主编. 一 北京：
现代出版社，2015.7（2019.1 重印）
ISBN 978-7-5143-3315-2

Ⅰ.①你… Ⅱ.①万… Ⅲ.①散文集-中国-当代
Ⅳ.①I267

中国版本图书馆 CIP 数据核字（2015）第 049102 号

你还在故事发生的那天不肯走

编　　著	万诗语
责任编辑	赵海燕
出版发行	现代出版社
通讯地址	北京市安定门外安华里 504 号
邮政编码	100011
电　　话	010-64267325　64245264（传真）
网　　址	www.1980xd.com
电子邮箱	xiandai@vip.sina.com
印　　刷	辽宁星海彩色印刷有限公司
开　　本	880×1230　1/32
印　　张	8.5
版　　次	2015 年 7 月第 1 版　2019 年 1 月第 2 次印刷
书　　号	ISBN 978-7-5143-3315-2
定　　价	39.80 元

版权声明

我社编辑出版的《你还在故事发生的那天不肯走》，由于无法与部分权利人取得联系，为了尊重作者权益，我方委托北京版权代理有限责任公司向权利人转付稿酬。本书的作者请与北京版权代理有限责任公司联系并领取稿酬。

联系方式如下：

北京版权代理有限责任公司

北京市海淀区知春路 23 号量子银座 1403 房间

邮编：100083

联系人：张艳

电话：133 1133 9559

QQ：603454598

邮箱：603454598@qq.com

现代出版社有限公司